Agnès de Cize

ECLATS DE RAGE

Recueil de nouvelles

PS. Si vous aimez mes textes, retrouvez-moi sur mon site : agnesdecize.com

ISBN
978-2-9552385-1-6

Table des matières

Echec et maths

A Martine
qui aux chiffres préfère les lettres !

Echec et maths

Les maths, folle horreur
Effroi rouge dans la nuit
Souffrance inouïe

Julie traîne les pieds dans le couloir du Lycée Tivoli. Cours de maths. Le prof va distribuer les copies du contrôle de la semaine dernière. Elle sait déjà que ce sera une catastrophe. Comme d'habitude. La sirène retentit, elle ralentit son pas. Elle voudrait tellement être ailleurs. Ses mains tremblent et s'agrippent au sac à dos. Elle sent dans son cou le sang accélérer sa course.

- Allez ! Dépêch', on est en retard !

- Ouais… j'arrive.

Gonzague Sernin toise la classe. Lui aussi voudrait tellement être ailleurs. Il rêvait de recherche mathématique pure et se retrouve à enseigner les fonctions à de jeunes boutonneux qui n'en ont rien à faire. Le râteau qu'il s'est pris hier soir au bar aggrave son humeur. Tout avait bien commencé, la jeune femme avait accepté un verre, mais au moment de conclure, pfffuit, enfuie. Il distribue les copies. Devant Julie, il s'arrête. Tiens, elle a les mêmes cheveux que la femme de la veille. Elle l'énerve, excellente élève dans toutes les disciplines sauf en maths !

- Votre copie Julie. Ni fait, ni à faire.

Sa main a fendu l'air, relâche brusquement la feuille qui cogne la joue de la jeune adolescente. Elle pâlit sous l'affront, se rebiffe.

- Si vous croyez que ça m'amuse de ne pas comprendre !

- Apprenez vos leçons !

- Ce n'est pas ça ! Je peux vous réciter par cœur vos démonstrations… je ne sais pas les appliquer… je ne comprends pas.

- Cessez vos enfantillages, Julie, et mettez-vous à bosser ! Le travail, le travail et encore le travail !

La classe s'est figée et assiste impuissante à la joute verbale.

L'adolescente ravale sa colère. Son regard noir se perd par la fenêtre. Le vent a forci dans la nuit. Les feuilles de marronniers roulent dans la poussière de la cour. Le soleil d'Octobre luit sur les franges rousses des branches.

Rémi l'attend à la grille du lycée. Julie est rouge de suffocation.

- Il m'a jeté ma copie au visage ! Tu le crois, ça ! Il n'a pas le droit ! Je pourrais porter plainte.

- Calme-toi Julie, tu…

- Non, je ne me calme pas. Il me bousille mon année, je suis première partout sauf en maths. Mon père va encore me tomber dessus.

Elle trépigne, les larmes aux yeux. Rémi l'enlace, lui caresse doucement la joue.

- Si tu veux, je passe chez toi après l'entraînement de hand… on va refaire les exo, je t'expliquerai.

- D'accord.

- Ca va aller. Eclate-toi dans le gymnase et ne pense plus à Sernin.

- Oui, tu as raison, je ne le laisserai pas gâcher ma journée.

Son sac de sport à l'épaule, Julie rejoint ses coéquipières. Légère, elle esquisse quelques pas de danse. Le hand, c'est sa passion, sa bulle de liberté. Là elle oublie tout, et tout le monde.

- Eh, t'as mangé du lion !

Son énergie positive galvanise l'équipe. Son entraîneur est heureux, lui sourit depuis le bord du terrain.

- Bien… très bien Julie… continue comme ça et on terrasse Toulouse dimanche !

Grâce à elle, l'équipe bordelaise se maintient dans le Top 5 et peut gagner le championnat.

Julie masse ses épaules douloureuses sous l'eau bienveillante de la douche, chambrée par ses camarades. Les éclats de rire fusent dans les volutes d'eau chaude. Des cris de chamaillerie bon enfant glissent sur les carreaux blancs. Elle savoure cet instant suspendu, loin des tracas du quotidien. Pour rien au monde, elle ne donnerait sa place.

Rémi retrouve Julie à la maison. Toute la joie de la jeune fille est retombée. Il lui explique patiemment les énoncés, lui montre où elle s'est trompée et pourquoi.

- Tu vois ?

- Oui maintenant, quand tu me le dis. Mais ce soir ou demain, quand je relirai, ce sera la panique ! J'aurai rien retenu. Rémi, c'est du chinois tout ça.

- J'ai une idée. Tu as des feuilles A3 ?

- Dans le bureau de mon père.

- Ok, va les chercher.

Rémi écrit en grand les formules et les démonstrations mathématiques, de toutes les couleurs, et scotche les feuilles sur les portes de son armoire.

- Si tu les lis tous les jours, tu finiras par les retenir.

- Même si j'apprends par cœur, je ne fais pas les liens avec les exercices.

- Ok, je les rajoute, mais fais un effort Julie.

- C'est facile pour toi… je te dis que je ne comprends rien.

Julie, butée, s'est recroquevillée sur sa chaise. Ses mèches folles lui cachent les yeux. Elle s'étreint les mains sur les genoux. Rémi éclate de rire.

- J'adore quand je te vois comme ça !

Il lui attrape le menton, rabat ses cheveux en arrière, dépose un baiser sur ses lèvres. Elle lui sourit, lui prend le visage dans les mains.

- Mon Rémi.

Son père réagit violemment.

- Julie, tu réalises… 5 en maths !

Elle ne dit rien, baisse la tête.

- Mais qu'est-ce qui t'arrive ? Jusque là, tu étais brillante dans toutes les matières !

- C'est le prof, je ne comprends pas ses explications.

- Et c'est Rémi aussi ? Il explique mal ? Arrête Julie, et mets-toi au travail !

- Mais papa, ce n'est pas un manque de travail ! Je passe un temps fou sur ses foutues leçons, ça ne rentre pas parce que je comprends que dalle, voilà tout !

- Ton langage, Julie !

Sa mère, de l'autre côté de la table, encourage sa fille d'un sourire.

- Peut-être devrions-nous te payer des cours particuliers ?

- Ca servira à rien, je t'assure. Mes synapses se ferment devant les chiffres. Et puis on peut vivre sans les maths, non ? Vous, vous avez fait Droit ! Vous vous en êtes dispensés ! s'entête Julie. Sa mère fronce les sourcils.

- Sauf que pour le bac, il te faut en passer par là, ma chérie.

Son père replie brusquement le carnet de notes.

- C'est la dernière fois, Julie. Tolérance zéro à partir de maintenant.

La jeune fille monte quatre à quatre l'escalier et s'enferme dans sa chambre. Elle claque violemment la porte. Dehors, le vent vire à la pluie qui s'agrippe aux carreaux de sa fenêtre. Le front contre la vitre, elle se perd dans les coulées d'eau qui glissent sur les toits de la ville. Elle ferme les yeux, s'imagine à la montagne dans le plus haut refuge de la Forêt d'Irati, loin de tout et de tous, en train d'écouter la danse apaisante de la pluie.

Un mois plus tard, Julie, défaite, est assise sur son lit. Cette fois, son père va la punir, l'empêcher d'aller à la soirée chez Mirabelle. C'est injuste. Comme si ne pas aller danser allait lui faire comprendre les maths ! Elle se lève, tourne et vire dans sa chambre, son carnet de notes ouvert sur le bureau. Comment leur annoncer ?

Elle hésite, avance, recule, hésite encore. Elle broie son stylo dans sa main et se décide. Elle s'entraîne un moment, prend une longue inspiration et appose la signature de ses parents. Tout étonnée de sa transgression, partagée entre le soulagement et l'angoisse, elle referme vivement son carnet et le jette dans son sac.

En classe, les humiliations continuent. Gonzague Sernin se moque ouvertement de la jeune fille. Julie n'en dort plus la nuit. Elle se lève avec des nausées, des douleurs dans le ventre, les jours de cours de maths.

- Ca va ma chérie ? Je te trouve bien pâlichonne.

- Je suis fatiguée, maman.

- Je vais passer à la pharmacie te chercher des fortifiants, comme disait ma grand-mère.

L'air défait de Julie alarme Rémi. Elle a encore maigri. Les cernes sous les yeux virent au mauve.

Ulcéré de l'attitude du prof, il décide d'aller trouver le conseiller principal d'éducation.

- Vous n'exagérez pas un peu ? Certes Sernin est un enseignant plutôt rigide, je vous l'accorde, mais de là à harceler des élèves !

- Si, je vous assure. Il faut faire quelque chose. Julie va mal.

- Bon, je vais réfléchir.

Ce samedi, le vent aide de légers rayons à trouer le manteau gris et sécher le macadam détrempé. La gouttière a cessé son manège mais cliquette sous les coups de butoir d'Eole.

Julie est dans sa chambre. Elle se réconforte avec la dissertation à rendre lundi. Son père est à la Villa Primerose pour une partie de tennis, il ne va pas tarder à rentrer, la pluie vient de s'inviter à nouveau dans le week-end. En entendant deux voix d'hommes dans le hall, elle sort sur le palier. Pétrifiée en haut de l'escalier, elle voit son père et Gonzague Sernin franchir le seuil du salon.

- Julie, descends, s'il-te-plaît.

Tétanisée, l'adolescente ne bouge pas. Sa main serre la rampe, ses jambes flageolent. Son cœur joue du yo-yo dans son estomac.

- Julie ! Tu m'entends ? Descends !

Elle s'assoit dans le fauteuil, n'ose pas croiser le regard du prof. Son père l'apostrophe.

- Il accepte de te donner des cours particuliers, il viendra tous les samedi matin.

- Mais papa, je...

- Il n'y a pas de mais. Allez dans ta chambre et tâche de te mettre au travail.

Elle monte l'escalier dans un état second, Gonzague Sernin sur ses talons. En entrant dans la chambre, il découvre l'armoire couverte des feuilles de Rémi.

- Oh, quels beaux motifs de tapisserie je vois là ! se moque-t-il. Ca n'a pas l'air de fonctionner, vu la permanence de tes mauvaises notes. Allez, ouvre ton livre sur le cours de jeudi.

En apnée, Julie tremblante s'exécute. Le ton tranchant du prof de maths lui scie les tempes. Dehors, le vent a forci. Elle refoule ses larmes. Le vent s'engouffre dans la rue en sifflant dans les volets. Elle déglutit douloureusement. Une pluie fine tangue rageusement sous les bourrasques.

Le lundi s'ouvre sur un pâle soleil mouillé qui s'échine à trouer la masse des nuages gris. Frigorifiés, Rémi et Julie se bécotent sur la murette de la cour du collège. Elle lui a raconté sa matinée affreuse. En tête à tête, Sernin est encore plus désagréable. Le Conseiller Principal d'Education s'approche des jeunes collégiens.

- Vous aviez raison Rémi, je me suis posté dans le couloir pour écouter le cours. Julie, il n'a pas le droit de se comporter de la sorte. Il est convoqué ce matin chez le Principal.

- Oh non, pourquoi vous avez fait ça ! Il va être furieux et ce sera encore pire !

- Non Julie, et si c'est le cas, venez me trouver de suite.

Le Conseiller Principal d'Education s'éloigne. Julie se tourne vers Rémi.

- Pourquoi es-tu allé le trouver ? C'est malin, tu as pensé aux conséquences ?

- Je l'ai fait pour t'aider. Son attitude est inadmissible et il faut bien quelqu'un pour le lui dire.

- Ce n'est pas toi qui le supportes en classe, et chez moi surtout ! Ca va être l'enfer ! C'est n'importe quoi !

Julie saute de la murette, attrape son sac.

- Attends !

- Non je m'en vais, laisse-moi !

Rémi la retient par le bras.

- Je voulais t'aider Julie !

Elle se dégage brusquement.

- Lâche-moi !

Le soir dans sa chambre, Julie éclate en sanglots. Elle tente de joindre Rémi à plusieurs reprises mais il ne décroche pas. Elle finit par laisser un message d'excuse pour son attitude, qu'il la rappelle vite. Une heure passe. Deux heures passent. Rémi n'appelle pas.

Elle tourne dans son lit, n'arrive pas à trouver le sommeil. Elle est fébrile et anxieuse. Dehors, la nuit d'encre a fini par avaler le vent, la pluie et les nuages. Seul le silence sous la voûte noire étouffe les toits et les rues de la ville. Après des jours de mauvais temps, le ciel en devient inquiétant. Elle se lève, va jusqu'à la cuisine boire un verre de lait.

Le métal des couteaux argentés de lune attire son regard, elle s'en saisit. La pointe caresse la peau de sa cuisse, des cris en elle la déchirent, la morsure de la lame les éteint aussitôt dans le filet rouge qui s'écoule. Soulagée, elle s'endort pour la première fois sereine.

Julie, ce soir, loupe ses tirs. L'entraîneur agacé la houspille mais rien n'y fait.

- Eh ! Tu dors là ! Sors du terrain.

Haletante, elle s'assoit sur le banc.

- Qu'est-ce qui t'arrive ? Reprends-toi. Si tu joues comme ça dimanche, on va perdre c'est sûr. T'as des soucis ? C'est Rémi ? Si tu as la tête ailleurs, je vais lui dire de ne plus venir aux entraînements.

- Non, ça va. Je me sens fatiguée en ce moment, c'est tout.

- Bon, reste là, je vais laisser jouer Carole aujourd'hui. Mais bon Dieu, ressaisis-toi !

La jeune fille s'est affaissée, tremblante. Elle va devoir annoncer à ses parents sa nouvelle mauvaise note. Quelle erreur d'avoir signé à leur place ! Elle ne peut pas renouveler ça toute l'année, et Sernin, de toutes façons, les voit le samedi matin. Elle se sent prise au piège.

Pendant ce temps, sa mère feuillette le carnet de notes oublié sur le bureau de sa chambre. Elle découvre, sidérée, l'imitation des paraphes et le 1/20 de la dernière copie. Manque de chance, son père est rentré particulièrement tendu ce soir, il a perdu le procès de l'après-midi. Julie est cueillie à froid. Il claque le carnet sur la table de la salle à manger

- C'est quoi, ça ?

Julie s'effondre sur la chaise.

- J'ai… j'ai eu peur… peur de votre réaction.

- C'est très grave. On te fait confiance et tu nous trahis. C'est très grave. Ton comportement est inadmissible. Ta mère et moi pensons sérieusement à te mettre en pension.

- Oh non, gémit Julie. Pas l'internat. Je ne pourrais plus voir Rémi ! Et comment je ferai pour mes entraînements ?

- Il fallait y penser avant.

- Je vous demande pardon… c'était stupide, je vous l'accorde, mais je ne recommencerai pas.

- Donne-moi ton portable et file dans ta chambre. Je ne veux plus te voir de la soirée. Ta mère va te monter un plateau-repas.

- Papa…

Julie voudrait hurler mais ses cris ne franchissent pas ses lèvres. Elle voudrait leur expliquer sa terreur du prof, ses attitudes irrespectueuses. Elle voudrait leur dire que c'est du harcèlement moral, elle les a suffisamment entendu en parler pour le savoir. Mais les mots s'étranglent.

Elle se jette sur son lit, sanglote à bout de souffle. Elle entend sa mère poser le plateau contre la porte de sa chambre. Julie ne touche pas à son repas. Elle se déshabille, se glisse dans son lit et éteint la lumière. Elle ne trouve pas le sommeil. Le cœur serré, elle étouffe. Pour ne plus avoir mal, elle prend le couteau caché sous son matelas, s'entaille l'intérieur des cuisses. En saignant, la douleur fuit, elle s'endort enfin.

Julie y est allée un peu trop fort cette fois. Chaque tir lui arrache une grimace. Elle craint que les plaies ne s'ouvrent. Ses cuisses brûlent, lui arrachent des larmes. Rémi, dans la tribune, l'encourage mais rien ne marche. Il assiste, impuissant, aux erreurs techniques répétées de Julie. Ses coéquipières n'en reviennent pas.

- Eh Julie, réveille-toi ! Tu nous plombes la partie !

L'entraîneur la rappelle sur le banc et envoie Carole à sa place, la rivale de toujours. Julie, vexée, s'est mise à l'écart.

- T'as vraiment la tête ailleurs, toi ! Si tu continues, tu ne joues pas dimanche. J'ai besoin de filles solides ! Le match est décisif... je te rappelle... et tu joues comme un pied !

Rémi la raccompagne chez elle. Le froid humide mord leurs joues, pénètre les fibres des pulls. Julie sent sa peau fraîche frissonner dans le soleil anémié. Rémi l'a prise par la main, ne sait plus comment la consoler.

- Tiens bon Julie, c'est une mauvaise passe, sois patiente.

Au petit-déjeuner, la condamnation tombe. Ses parents l'ont inscrite à La Brède. Elle commence son internat lundi prochain. Julie, bouche bée, en laisse tomber sa cuillère.

- Non... je...

- Il n'y a pas de non. Ta mère et moi l'avons décidé et tu nous obéis.

Elle se lève brusquement de sa chaise.

- Julie !

Elle attrape son sac et claque violemment la porte d'entrée. Elle court vers le lycée en larmes. Cette fois, elle est dos au mur. C'est décidé, elle va parler. Elle cherche Rémi pour qu'il l'accompagne, mais il n'est pas arrivé. Elle monte à toute allure les marches vers la salle des profs, ses blessures aux cuisses perlent sous son jean. La douleur s'éveille au frottement. Tout est de la faute de Gonzague Sernin et elle va le lui dire, devant tout le monde.

Dehors, l'accalmie n'a pas duré. Le vent vire à l'orage. Les tourbillons cognent les bâtiments. La pluie s'abat en trombes d'eau. Au-dessus des toits, les éclairs se rapprochent, fendant l'air de leur trajectoire en pointe. Le bruit se fracasse sur les pierres du collège.

Elle croise son prof en haut de l'escalier. Il lui sourit goguenard.

- Julie. Mais qu'est-ce que vous faites là ?

- Je viens vous dire que je vais voir le Principal. Vous n'avez pas le droit de me traiter comme vous le faites. A cause de vous, mes parents me mettent en internat !

- C'est pourtant une excellente idée ! Vous pourrez bosser vos maths pendant les heures d'étude. Mais je doute que cela suffise. Vous êtes nulle, ma pauvre fille.

Julie sent sa tête exploser sous l'insulte, elle veut le pousser sur le côté pour passer mais il s'interpose.

- Non, vous n'irez pas voir le Principal. Ca sert à rien. Vous croyez qu'il va vous changer mes notes peut-être, ironise-t-il.

Julie ne supporte pas son sourire triomphant, son regard moqueur. Elle le pousse brusquement. Il attrape son poignet et l'entraîne dans sa chute. Ils dégringolent dans l'escalier. Sernin cogne violemment la plinthe du palier. Julie retombe mal, la colonne vertébrale touchée.

Dehors, l'orage s'éloigne vers l'est et éteint sa rage.

On ne sait pas si Julie remarchera.

Fin

La flèche d'Eros

A Eric

qui adore la romance !

La flèche d'Eros

Arc en jalousie
Tragique chassé-croisé
Eros stupéfait

Mouss court vers le bus, son grand corps encombré de l'arc et du sac de sport, qui ne cesse de glisser de son épaule. Il déteste se lever de bonne heure même pour les choses qui le passionnent. Son exaltation est à son comble. C'est le premier entraînement de la rentrée.

Cédric, l'animateur du Centre Social du Grand-Parc, houspille ses troupes. Les jeunes s'attardent, se congratulent, se retrouvent avec plaisir. Diop est déjà là, toujours habillé premier de la classe, même en sport ! Ils sont amis depuis la Maternelle, les deux garçons sont inséparables.

- Salut mec. Comment tu vas ?

- *Fine*. Il me tardait aujourd'hui !

Le pas de tir est à Léognan. Septembre ensoleillé promet une belle journée. Cédric rassemble ses troupes d'archers.

- Allez, allez, un peu de calme. J'ai une excellente nouvelle pour démarrer la saison. Les yeux brillants, il se frotte les mains, suspend son discours, les garçons se sont figés.

- Nous sommes sélectionnés pour le Concours Aquitain des Associations de tir à l'arc.

Les derniers mots se perdent dans les cris. Ils exultent et se jettent dans les bras les uns des autres. Ils sont alternativement fous de joie et pétrifiés par l'enjeu. Les filles de la cité partagent leurs rires et leurs espoirs. Elles sont de tous les entraînements. Les premières fois, Cédric les a vu arriver, sourcils froncés; pas franchement ravi, il a failli les renvoyer. Finalement, il a choisi de mettre cartes sur table, la première qui perturbe l'entraînement est immédiatement exclue. Elles ont compris le message, l'année s'est plutôt bien passée. Il n'a pas regretté sa décision. Ses garçons se sont habitués à tirer en public. Ils ont progressé, d'où le choix de la Fédération pour le Concours. Cédric est bien obligé de reconnaître que sous le regard des filles, ils ont amélioré leur jeu !

- Bon, je compte sur vous pour encourager nos garçons. L'an dernier, vous vous êtes très bien conduites. J'attends le même comportement. Mais la première qui me bousille l'entraînement, je la vire. Compris ?

Elles hochent la tête. Aminata, la plus groupie de toutes, lance :

- Pas de problème, coach. Nous serons sages comme des images !

- Ouais, faites gaffe. Je ne plaisante pas.

Elle s'est assise au fond du bus. Elle ne perd pas une miette de l'échange entre Mouss et Diop, tout heureux de se retrouver.

- Tu crois qu'on a une chance pour le concours ? s'interroge Mouss.

- T'inquiètes ! Faudra mettre le paquet mais je suis sûr qu'on peut y arriver. On est la meilleure paire du département.

Ils rient, se tapent sur la main.

Marieme et Sally ont rejoint Aminata qui leur lance.

- Super les filles ! On va faire le tour de la région, ça va être génial ! On peut gagner, j'en suis sûre. Mouss et Diop sont vraiment trop forts !

Sally s'est sagement assise dans l'herbe. Elle mâchonne un brin d'herbe. Rêveuse, elle sourit.

- Mouss est meilleur que Diop. En individuel, c'est lui qui a le plus de chance de gagner.

Aminata s'esclaffe.

- Ouais, tu dis ça parce que tu le kiffes grave. Je pense que Diop a autant sa chance, il est plus régulier dans ses résultats. En binôme, sûr qu'ils vont cartonner.

Sally rougit et se tait. Elle ne pensait pas que les filles avaient deviné son attirance pour Mouss. Marieme applaudit à tout rompre.

- Pour rien au monde, je ne louperai nos rendez-vous du mercredi ! J'espère que ma mère va me laisser aussi venir au concours. Elle me tanne pour mes résultats scolaires, elle est capable de m'interdire les sorties.

Elle soupire, elle n'aime pas le lycée, elle déteste son adolescence, il lui tarde ses 20 ans sans savoir vraiment ce qu'elle en fera. En attendant, seuls les garçons l'intéressent, et surtout Diop !

Mouss a surpris le regard admiratif d'Aminata, il se concentre sur son premier tir. La cible est à 70 mètres, le blason mesure 1,22 m. Il a cinq volées de 5 flèches. Carton plein pour le premier set : 5 fois 10. Diop le félicite, super début !

Aminata a poussé un cri et il la regarde en rougissant. Sa timidité l'empêche de l'aborder vraiment. Dans la cour du lycée, il se contente de la manger des yeux tout le temps. Il ne sait pas si elle suit son manège.

Diop prépare son arc, vérifie la tension de son fil. Le tir à l'arc a fait sa première apparition aux Jeux Olympiques de Paris en 1900. Diop est fier d'être dans la lignée des futurs champions. C'est son ambition et il travaille dur pour cela.

Au retour dans le bus, ils ont pris les places du fond. Tous les cinq chahutent. Plein de courage d'avoir gagné, Mouss chuchote à Aminata.

- Tu fais quoi ce soir ?

- Rien de particulier, il me reste le contrôle de géo à réviser.

Il prend sa voix de petit garçon maladroit et s'en veut pour cela.

- Je peux t'inviter au Mac Do ? 20 heures, ça t'irait ? Comme ça, tu as la fin d'après-midi pour réviser.

- Ok, je te retrouve directement là-bas.

Mouss est aux anges, lévite tout le reste de la journée. Dans la salle de bains, il met des plombes à se préparer.

- Il est amoureux, il est amoureux ! chantonne sa jeune sœur.

- Arrête, voyons.

Sa mère a un froncement de sourcil indulgent. Elle est plutôt contente, Mouss est un garçon sérieux qui travaille bien au Lycée et s'offre peu de sorties. Aminata est une jeune fille agréable et pleine de vie, elle l'aime bien.

Mouss en oublie de finir son coca. Les bulles vont s'envoler jusqu'à épuisement s'il ne se ressaisit pas. Aminata s'en amuse. Elle adore flirter. Ils passent un bon moment à parler de tout et de rien, du lycée, de leur famille, de leurs lectures, du tir à l'arc, du cinéma dont il est fan. Il est intarissable sur Robin des Bois.

- Certes, concède-t-il en riant, c'est un peu dépassé, mais le bandit au grand cœur, j'adore !

Elle rit aux éclats. Elle aime bien le naturel de Mouss, sa générosité permanente, mais elle rêve d'un ailleurs qu'il ne lui offrira jamais. En attendant, elle minaude, flattée de l'intérêt qu'il lui porte.

Il la raccompagne à la porte de chez elle. Il lui prend la main et la porte à ses lèvres. Ses yeux brillent.

- On se voit demain matin ? Je passe te prendre ?

- Euh, non. Je préfère garder notre soirée pour nous. On ne va rien dire aux autres, d'accord ? Ce sera notre secret. Même pas à Diop, tu gardes ça pour toi, promis ?

Interloqué, Mouss ne réagit pas. Aminata lui pose un baiser sur la joue, franchit d'un bond le seuil de chez elle et claque la porte, indifférente à la gêne occasionnée pour les voisins.

Ce mercredi, Mouss est distrait, rate plusieurs cibles. Cédric le prend patiemment à part.

- Eh, mon grand, qu'est-ce qui t'arrive ?

- Ben, c'est un jour sans, on dirait.

- Ouais, concentre-toi un peu plus. Tu tires trop vite. Prends le temps pour viser, surveille ton équilibre.

Il voit bien que quelque chose cloche. Pas né de la dernière pluie, il lance un regard noir aux filles. Diop est tout heureux de le battre largement.

- Cette fois, l'après-midi est pour moi ! se moque gentiment Diop. T'en fais pas vieux, des coups de mou, ça arrive.

- Merci mec, faut juste que ça n'arrive pas les jours de compét' !

Les deux garçons rient aux éclats. Cédric les rabroue.

- C'est fini vous deux… allez… on s'y remet !

Les trois filles ont apprécié la performance et acclament Diop bruyamment. Marieme est folle de joie. Sally a un peu de peine pour Mouss.

- C'est dommage, il n'est pas dans son assiette aujourd'hui… J'espère que ce n'est pas sa mère qui l'inquiète.

- Pourquoi tu dis ça ?

- Parce qu'elle a rechuté… elle est de nouveau en clinique pour une cure de sommeil.

- Mince, il n'a vraiment pas besoin de ça, s'écrie Marieme.

Au fond du bus, Mouss remâche sa déception, il est vexé d'avoir aussi mal tiré, triste aussi parce qu'Aminata n'a pas semblé partager sa déconvenue. Elle rit en chuchotant à l'oreille de Marieme. Diop, chic type, l'encourage.

- Un jour sans, ça arrive, pas de quoi s'affoler, lui répète-t-il.

Diop est heureux, il a obtenu un de ses meilleurs scores aujourd'hui. Aminata s'est approchée pour le féliciter.

- Super score aujourd'hui ! Tu es en forme vraiment !

- Oui, je me sens bien en ce moment… Dis, tu fais quoi ce soir ? Ca te dirait une toile ?

Elle fait semblant d'hésiter, lève des yeux interrogateurs au ciel. Diop ajoute :

- Ils proposent un cycle Hugh Grant et repassent « Le come-back ».

- Oh, j'adore ce film ! D'accord, on se retrouve à l'entrée.

Elle arbore sa belle robe rouge, s'est soigneusement maquillée. Dans la pénombre de la salle, il pose sa main sur la sienne, cesse de respirer. Elle ne la retire pas. Il en est quitte pour des fourmis dans l'avant-bras, scié par le bord de l'accoudoir.

- On se voit demain matin ? Je passe te prendre ?

- Euh, non. Je préfère garder notre soirée pour nous. On ne va rien dire aux autres, d'accord ? Ce sera notre secret. Même pas à Mouss, tu gardes ça pour toi, promis ?

Diop n'a pas le temps de réagir qu'elle a déjà claqué la porte derrière elle.

Le lendemain, sur la cour, ils se saluent dans l'indifférence. Aminata lui a fait promettre de garder secrète leur soirée. Elle ne veut pas s'engager devant les autres. Elle veut savourer l'incognito de la relation. Diop n'a pas compris mais obtempère. Seuls ses yeux brillent davantage et le trahissent.

Aminata a donné rendez-vous à ses amies Place de la Victoire. Elle descend du tram, triomphante dans ses rondeurs harmonieuses. Avoir deux prétendants, c'est bon pour son ego, se dit-elle. Toute à son plaisir, elle raconte en hâte ses deux soirées. Marieme réagit la première.

- Ce n'est pas honnête ce que tu fais. Il faut choisir ! A ta place, j'irai avec Mouss, il est canon. Vous êtes bien assortis.

Sally réfléchit.

- Pourquoi tu te comportes comme ça ? Ils ne t'ont rien fait, ni l'un ni l'autre. Ce n'est pas gentil, ils sont sincères et tu te moques d'eux.

Aminata, qui s'attendait à ce qu'elles rient avec elle, est surprise.

- Non, mais vous vous entendez ? Je parle de flirt, là, pas de projet de mariage ! Oh ! On s'amuse, c'est tout... Oh ! Revenez sur terre ! J'ai passé deux bonnes soirées, embrassé ni l'un ni l'autre, donné de gages à aucun. S'ils s'emballent, c'est leur affaire. Moi, je décide de m'amuser, c'est tout !

Marieme repose brusquement son verre.

- Mouais, c'est plutôt égoïste comme attitude. Tu as pensé aux conséquences ?

- Conséquences ? Mais de quoi ? Tu ferais mieux de relire Marivaux, c'est au programme de l'oral de français d'ailleurs.

Sally ose tranquillement de sa voix fluette.

- Sauf qu'on n'est pas au théâtre. On est dans la vraie vie, et la vraie vie, elle est tragique.

Aminata se lève d'un bond.

- J'en ai assez entendu, vous me gonflez, je me casse.

Marieme proteste mais Sally pose sa main sur l'épaule de son amie.

- Laisse tomber. Quand elle est comme ça, y'a rien à faire. Je me demande où elle va chercher son envie énorme de plaire. Si son père s'intéressait un peu plus à elle, elle…

- Stop, la psy de service, je m'en fous ! Moi, ça me met en colère. Les garçons sont gentils, elle n'a pas le droit de leur faire ça !

Elles se taisent un moment, chacune se rêvant aux bras de son chéri respectif. Marieme main dans la main avec Diop, marche romantique au bord du fleuve. Sally main dans la main avec Mouss, promenade amoureuse en bord de plage.

La semaine suivante, la première épreuve du Concours a lieu pendant les vacances de la Toussaint. Mouss et Diop sont silencieux dans le bus. Ils ne sont pas très fiers de leur secret respectif. Depuis la Maternelle, ils ont tout partagé ensemble. Cédric, satisfait de leur comportement sérieux, se méprend sur les vraies raisons de leur mutisme. S'il savait, il leur botterait les fesses !

Toutes les compagnies se retrouvent à Léognan. Mouss et Diop, euphoriques, survolent les épreuves. Cédric est le plus heureux des animateurs. Ses garçons font admirablement le job. Les filles ne cessent de hurler leurs encouragements, même s'il préfèrerait un peu plus de calme pour leur concentration.

Mouss bande son arc, c'est la dernière flèche de la volée. Diop, à ses côtés, lorgne du côté des groupies. Aminata fait la folle, gesticule dans tous les sens, il tourne la tête, manque de glisser et bouscule Mouss par inadvertance. La flèche, soudain dans les airs, plonge à vive allure vers les spectateurs. Un cri d'effroi secoue l'assistance. Elle passe à quelques centimètres du concierge du terrain. Plus de peur que de mal.

Diop est rouge de confusion.

- Excuse-moi, je suis désolé !

Mouss énervé s'apprête à répliquer. Cédric furieux le devance.

- Oh, vous vous croyez où, là ! Je dois encore vous rappeler les règles de sécurité ! Depuis le temps ! De vrais gamins. Arrêtez-moi ce cirque ! Vous vous occuperez des filles plus tard. Oh ! On a un trophée à gagner, je vous le rappelle. Ici, toute votre tête, c'est pour la compétition. Si vous ne modifiez pas votre comportement, je vire les filles. C'est compris ?

Il enjambe la barrière et se plante devant elles.

- Ca suffit maintenant, je ne veux plus vous entendre ! Soit vous vous comportez en spectateurs responsables, soit vous partez faire les pitres ailleurs, c'est compris ?

Les filles ne mouftent pas. Seule Sally hoche la tête. Elles se tiennent à carreau le reste de l'après-midi. Les garçons se reconcentrent. Les sets défilent. A la dernière volée, le suspense est à son comble. Ils sont à égalité avec la paire d'archers d'Audenge. Tous retiennent leur souffle. Le concurrent a la cible en plein cœur. 10. Mouss bande son arc, inspire et bloque sa respiration. 10. Egalité à nouveau. Le deuxième archer se prépare, la flèche relâchée vibre dans l'air. 9. La victoire est entre les mains de Diop. Mouss murmure ses encouragements.

- Vas-y, mon vieux ! En plein cœur !

Diop hoche la tête, reçoit l'accolade de son ami. Il puise de la confiance dans ses paroles. L'arbitre donne le signal. La flèche part toute droite comme aimantée par la cible lointaine et se plante sèchement. 10.

Les deux garçons sont dans les bras l'un de l'autre. Cédric les serre contre lui. Première compétition gagnée. Premier pas vers le Graal. Les filles laissent exploser leur joie, envahissent le pas de tir avec les autres spectateurs. C'est la fête. Le Centre Social du Grand-Parc termine premier de la manche.

Aminata se jette alternativement dans les bras de Mouss et de Diop, leur donne un baiser fougueux. Surpris, ils se sont toisés, chacun se croyant le seul élu de son cœur. Cédric, agacé, prend à part la jeune fille.

- Toi, tu ne perturbes pas mes champions, tu as compris ? Je vois clair dans ton jeu, petite morpionne. Tu n'arrêtes pas de les allumer, laisse-les tranquilles ! Si j'étais ton père, je…

- Fichez-moi la paix. Vous n'êtes pas mon père, et d'abord, ça ne vous regarde pas !

- Si ça me regarde ! Si tu déconcentres mes joueurs, s'ils perdent le concours par ta faute, tu auras de mes nouvelles.

- Ils ont gagné aujourd'hui, non ! Et j'y suis pas pour rien que je sache ! Alors, fichez-moi la paix. J'embrasse qui je veux !

Les deux garçons se sont éloignés et s'apostrophent. Mouss lance :

- Aminata, c'est ma meuf.

- Non, c'est la mienne.

Un poing a jailli. Les deux garçons s'empoignent comme des chiffonniers. Cédric bondit pour les séparer.

Le lendemain, au réfectoire, Aminata déjeune avec ses amies. Mouss et Diop, les oreilles encore rouges des propos de Cédric, ne les ont pas rejointes. Ils se sont installés aux deux bouts de la grande pièce et s'ignorent. Ils textotent entre deux bouchées de pain. Le portable d'Aminata vibre, elle lit les deux messages reçus à quelques secondes d'intervalle.

Mouss : *g tem, g tem vreman, tu ve sortir ac moi* ?

Diop : *g tem, g tem vreman, tu ve sortir ac moi* ?

Elle jubile et montre fièrement son écran. Marieme l'encourage à répondre à Mouss. Son intérêt est de l'éloigner de Diop. Elle espère avoir une chance de l'attirer à elle. Sally réagit.

- Ah non, je ne suis pas d'accord. Tu devrais choisir Diop, il est craquant, premier de la classe et toi tu es la plus belle. Vous faites un couple d'enfer !

Marieme fronce les sourcils, la regarde méchamment.

- Mais arrête à la fin. Tu dis ça pour te garder Mouss. Laisse tomber !

- Ca suffit ! Ni l'un ni l'autre ne m'intéressent en fait, j'ai d'autres ambitions, je veux me tirer d'ici le plus vite possible. En attendant, je m'amuse comme une folle.

Marieme a décidé de passer à l'offensive. Dans le bus qui les amène à Léognan, elle s'est assise à côté de Diop et lui murmure à l'oreille. Elle s'est mise sur son 31 aujourd'hui.

Elle sait le jeune garçon sensible aux apparences, il aime bien s'habiller. Elle lui fait son numéro de charme, tout en confiant ses réserves sur cette allumeuse d'Aminata.

Diop, surpris, est flatté de son attention, mais vexé des propos sur son amie. Il ne répond pas à ses avances, n'entre pas dans le jeu de la jeune fille. Aminata a assisté aux efforts de Marieme, elle est en colère et l'entraîne à l'écart sur le terrain.

- Tu joues à quoi, là ?

- Je fais ce que je veux. C'est pas toi qui dis ça d'habitude ! Diop me plaît, et alors. Je tente ma chance. Après tout, tu n'as pas choisi. Alors je ne vois pas pourquoi je ne me mettrais pas sur les rangs.

- Justement, le jeu, c'est de ne pas choisir, et là, tu m'énerves, tu gâches mon plaisir. Sors toi du circuit, j'entends continuer à jouer seule.

- Non !

La gifle d'Aminata a fondu sur sa joue à la vitesse d'une flèche. Dans un réflexe, elle la lui a rendue. Les deux filles se battent, se griffent, se tirent les cheveux. Sally intervient pour les séparer.

- Vous n'avez pas honte ! Ca va pas, non !

Cédric hurle.

- Maintenant, ça suffit. J'en veux une ici, et une là-bas. Je ne veux plus vous entendre de l'après-midi. On est en compétition !

A la pause, Aminata s'est rapprochée de Diop, histoire de narguer sa copine. Dardant ses yeux noirs sur Marieme, elle minaude à nouveau, tourne ses boucles brunes dans ses doigts, lève sa poitrine ronde vers le jeune homme. Marieme ravale en silence sa colère.

Mouss, jaloux, n'arrive plus à enchaîner ses volées. Cédric fait les cent pas, fulminant.

Sally organise une soirée chez elle. Presque toute la classe est là. Malgré leur dispute, Aminata et Marieme ont accepté d'y venir pour lui faire plaisir. Restées en froid depuis l'autre jour, elles ne se parlent plus au grand désespoir de Sally. Elle est triste, se dit qu'une part de l'enfance est en train de partir en quenouille, tout ça à cause des garçons. Elle soupire.

Mouss et Diop ne sont non plus très en forme. Les inséparables sont aux deux bouts du salon. Marieme s'approche de Diop, objectif conquête !

- Tu as très bien tiré mercredi, vraiment. Toutes mes félicitations.

- Merci... Ecoute Marieme. Lâche-moi un peu, veux-tu...
Je ne sortirai pas avec toi. Aminata est...

- Ouais, Aminata, Aminata, il n'y a en a que pour elle !
Mais tu vois pas qu'elle se moque de toi, comme elle se
moque de Mouss d'ailleurs ! Cette fille n'en vaut pas la
peine.

Ayant saisi son nom au passage, elle prend Diop par le
cou, regarde fixement Marieme avant d'embrasser
langoureusement le jeune homme aux anges. Mouss
surprend son baiser. Malheureux, il sort sur la terrasse. Il
est anéanti. Sally se faufile entre ses invités pour le
rejoindre. Elle lui prend la main.

- Ne sois pas triste. Elle a embrassé Diop juste pour
embêter Marieme parce qu'elle la sait amoureuse de lui.

- Tu crois que j'ai une chance ?

Sally soupire.

- Mouss, ne t'attache pas. C'est mon amie mais je suis
lucide. Elle se joue de vous deux depuis le début.
L'important pour elle, c'est de plaire, juste plaire. Je suis
désolée mais elle n'aime qu'elle-même, incapable d'aimer
les autres.

- Tu es bien sévère.

- Non, juste réaliste. Et j'ai de la peine pour toi.

Le cœur de Sally bat à tout rompre. Elle s'étonne qu'il n'entende pas les battements qui explosent dans ses veines. Mouss éloigne sa main d'un geste résolu qui meurtrit la jeune fille.

- Ca ne se passera pas comme ça ! Je ne vais pas le laisser piquer ma meuf.

Il se lève d'un bond et rejoint le couple. Il empoigne Diop au collet, les deux garçons se battent. Ils renversent la table de salon, la Dame Jeanne de Biot explose en mille morceaux. Le bruit les a stoppés net. Aminata, admirative, s'est précipitée dans les bras de… Mouss, au grand dam de Diop. Sally tempête.

- C'est malin ! Mes parents, qu'est-ce qu'ils vont dire ?

Le grand jour de la finale. La compagnie du Grand-Parc a maintenu son point d'avance dans la seconde manche, non sans mal. Pas parce que les garçons ont été fabuleux, ce sont les archers d'Audenge qui sont passés à côté de leur rendez-vous. Pour cette troisième et dernière marche, les Audengeois sont remontés à bloc et veulent effacer leur piètre prestation.

Le bus du Grand-Parc a pris du retard sur la route. Cédric ne cesse de regarder sa montre. L'ambiance est électrique. Aminata et Marieme s'ignorent royalement depuis la soirée de Sally, qui va de l'une à l'autre, tente de garder les liens. Mouss et Diop ont mis plusieurs rangées de fauteuils entre eux deux. L'animateur est au désespoir. La grande force de leur binôme était justement leur relation indestructible.

Mouss n'a pas prononcé un seul mot depuis qu'il est arrivé au Centre Social, il est monté en silence dans le bus, n'a salué personne. Son chagrin et sa colère sont à leur comble depuis qu'il a appris que Diop et Aminata ont passé ensemble tout le week-end. Alors ils l'ont fait. Il en est persuadé et cela le ronge.

Il manque le premier set. Cédric essaie d'être patient, il l'encourage, finit par lui dire que ce n'est pas une fille qui doit le mettre dans cet état.

- Oublie-là un moment, concentre-toi sur le trophée.

Mouss se ressaisit, lance ses volées d'une main de maître et les maintient dans la compétition. Heureusement un des archers d'Audenge n'a pas le niveau aujourd'hui. Trop de pression. Pas de mental assez solide. Il rate plusieurs points importants. Cédric galvanise Mouss.

- On a une chance, on a une chance ! On peut y aller au championnat de France ! Allez ! Allez mon grand !

Mouss gagne son set. Diop mène dans le quatrième. L'assistance retient son souffle pour la dernière volée.

10. 10. 10. Les spectateurs exultent. Aminata bondit dans les bras de Diop et l'entraîne vers la cible dans un rock endiablé sur le pas de tir. C'en est trop. Mouss bande son arc et vise son ami. Sally et Marieme hurlent, Cédric se précipite. La flèche n'en finit pas sa course. Hynoptisés, ils la voient se planter dans le dos de Diop qui s'affaisse mortellement blessé. Tandis que l'ambulance l'emporte aux urgences, Aminata s'effondre sur le sol. Sidérée, les larmes coulent sur ses joues tremblantes.

Elle vient d'entrer brutalement dans le monde des adultes.

Fin

Fugue en mère

A Marie-Christine
qui aime la folie noire !

Fugue en mère

Rêver de bébé
Ventre arrondi d'avenir
Désir assombri

Bérénice enfile son sweat, celui qui fait enrager sa mère, sur un jean effiloché. Noir de la tête au pied. Une tête de mort gigantesque agresse le regard. Devant le miroir, elle se maquille. Yeux noirs, vernis à ongles noir, chaîne et breloques en argent. La jeune ado est devenue gothique très tôt.

Elle s'affale sur la table à manger, bougonne un bonjour inaudible en se tartinant une tranche de pain.

- Tu vas vraiment aller au lycée dans cet accoutrement ?

- Maman, t'es relou.

Margaux s'entête tous les matins, elle sait que cela ne sert à rien, mais elle ne peut pas s'en empêcher. Elle soupire. Elle se demande ce qu'elle a fait pour avoir une fille pareille. A quel moment leur relation a-t-elle dérapé ? Déjà, toute petite, elle posait des problèmes. Elle se souvient des exaspérations de l'enfant, qui tapait des pieds en hurlant, à la moindre contrariété. Elle se souvient de ce désarroi mortifère qui la terrassait, en pleurs, quand sa fille, enfin, s'endormait, écarlate de colère. Puis sa mère au téléphone, qui devinait tout, se lançant dans ses récriminations éternelles, "je te l'avais bien dit", "si tu m'avais écoutée".

Bérénice se dépêche. La ville s'est réveillée sous la pluie. Une pluie fine qui glace les corps et fige les visages. Les voitures font gicler les flaques. Elle jure en sautant vivement sur le côté, lève le poing vers les conducteurs.

Devant le lycée, elle rejoint son amie Naïma qui lui tend le premier joint de la journée.

- Je ne sais pas si c'est bon pour moi.

- Quoi !

Bérénice, triomphante, assène à son amie.

- Je suis enceinte.

- Quoi !

Elle soupire.

- On peut pas dire que tu te renouvelles. Je suis enceinte.

- Qu'en pense Fabian ?

- Je ne lui en ai pas encore parlé.

Elle s'assombrit.

- Il ne s'y attend pas, c'est sûr. Mais j'espère...

- T'espères quoi ? Non mais tu t'es vue ! Tu crois qu'il va

abandonner ses rêves d'architecte pour élever votre môme ? Mais dans quel monde vis-tu ?

Bérénice se rembrunit. Butée, elle garde le silence.

- Et ta mère ? Elle va le prendre comment ?

- A ton avis, s'agace la jeune fille. Mal, forcément. Mais je m'en fous. J'ai décidé de le garder.

- T'es folle. A 14 ans ! Tu vas gâcher ta vie.

- Au contraire, je vais enfin vivre ma vie, maintenant au moins j'ai un but.

- Et tes études ?

- Ça ne m'empêchera pas de continuer.

- Souviens-toi d'Alicia, ça ne lui a pas réussi, foyer maternel, père toxico en taule, enfant placé, tu parles d'une vie.

- Moi ça m'arrivera pas, je réussirai.

Bérénice, dans le bus, est à l'affût de toutes les femmes enceintes. Elle les observe. Certaines, lumineuses, semblent conquérir le monde, pas fermes et légers, d'autres ont l'air de porter toute la misère sur leur ventre, visages défaits, gestes lourds. Bérénice jure qu'elle fera partie des premières. Elle pointe le menton en avant, fière de son secret. Bientôt, elle aussi, brandira son ventre rond.

- Bérénice, on vous a perdue ?

- Excusez-moi.

- Je reprends pour Miss gothique... Simone de Beauvoir a une idée très précise de la position des femmes dans son siècle...

La jeune ado soupire. Elle n'en a rien à cirer de la Beauvoir. Elle voulait même pas d'enfant celle-là. Elle voudrait tellement être ailleurs. Elle étouffe à la maison, elle étouffe au collège, elle étouffe en ville. Elle s'imagine en bord de mer, dans les bras de Fabian.

- Bérénice, qu'est-ce que je viens de dire ?

- Euh, je ne sais pas.

- Cessez de rêver, je vous rappelle que vous avez un contrôle la semaine prochaine. Je répète. Simone de Beauvoir pense que pour se réaliser, une femme doit...

Fabian la chatouille avec le sable doré de la plage, laisse couler des filets d'eau, tandis que le bébé dort à leurs côtés. Mais pas trop tôt, à quel âge peut-on amener un bébé à la mer ?

- Bérénice !

La prof agacée renonce, la jeune fille peut rêver tout son saoul.

À l'inter cours, elle rejoint Camille. Elle ne peut rien lui cacher.

- Quoi !

Bérénice s'étonne de la réaction de Camille.

- C'est tout l'effet que cela te fait ? Tu devrais être super heureuse pour moi.

- Non mais tu réalises ! Fabian, qu'est-ce qu'il va dire ? Et mes parents ? Tu imagines le bordel ?

- Je l'aime.

- T'es folle.

Bérénice s'enflamme. Ses yeux lancent des éclairs.

- T'es la deuxième à me dire ça. Non je ne suis pas folle, je sais très bien ce que je veux. Et je le ferai.

- Tu en as parlé à ta mère ?

Elle lui tourne le dos et s'éloigne.

- Non.

Bérénice et Fabian ont rendez-vous dans leur café favori. Elle est en avance. Devant sa grenadine, elle écoute les standards de jazz que passe le New-York. Elle reconnaît de loin la dégaine déhanchée de Fabian. Il est en terminale. Capuche sur la tête, baladeur aux oreilles, il s'avance, les mains dans les poches. Tout de noir vêtu, mais sans piercing, pour un futur architecte, ça ne le ferait pas. Bérénice ressent une légère appréhension, ce qu'elle doit lui dire, ce n'est quand même pas banal. Elle lui sourit, il dépose un baiser sur ses lèvres.

- Fabian, j'ai quelque chose à t'annoncer.

Inquiet, le jeune homme hasarde.

- Tu me quittes ?

Elle éclate de rire.

- Oh non, que vas-tu chercher ? Au contraire, si j'étais majeure, je te demanderai en mariage.

Fabian n'est pas très rassuré. Cette fille, elle est un peu space. Son meilleur ami l'avait averti. Il ne l'a pas écouté. Bérénice n'est pas comme les autres filles, c'est sûr. C'est ce qui l'a attiré. Elle paraît tellement libre, tellement sûre d'elle, à contre-courant de la bienséance et du politiquement correct. C'est ce qu'il aime chez elle, cette indépendance rare.

Elle lui sourit largement.

- Je suis enceinte.

- Quoi !

Elle soupire. Décidément, ils n'ont que ce mot-là à la bouche.

- Oui tu as bien entendu... Je suis enceinte...

- T'es folle.

Bérénice crispe ses jointures et hurle.

- Ah non, tu vas pas t'y mettre toi aussi.

Fabian n'en croit pas ses oreilles.

- Mais ce n'est pas possible. Tu m'as dit que tu prenais la

pilule.

- Oui, mais il m'arrive de l'oublier.

- Et ta mère ? Elle sait que c'est moi ? Qu'est-ce qu'elle dit ?

- Je n'ai rien dit encore.

Il se passe la main sur le visage.

- Qu'est-ce qu'on va faire ?

- Ben, l'élever tiens.

- Non, tu ne peux pas le garder. J'ai mes études. Je ne veux pas me coincer.

- Te coincer ! C'est tout ce que tu trouves à dire !

- Je t'aime bien Bérénice, mais pas au point de foutre ma vie en l'air. Ce bébé, je n'en veux pas.

Bérénice rageuse lui balance la grenadine à la figure, se lève et attrape ses affaires.

- Va te faire f...

Margaux est assise sur le bord de la baignoire. Elle vient de trouver le test de grossesse dans la poubelle. Si sa femme de ménage n'avait pas demandé sa journée, elle ne l'aurait pas su. Elle le tourne et le tourne dans tous les sens. Elle s'étrangle.

- Ma fille, qu'as-tu fait encore ?

Elle tremble à l'idée d'affronter Bérénice. Mais il est hors de question que sa fille garde le bébé. Elle l'accompagnera à l'hôpital. Elle anticipe déjà la réaction de sa mère qui va la morigéner comme une gamine, qu'au fond elle n'a jamais cessé d'être. Elle avait 16 ans quand Bérénice est née. Elle n'a pas vraiment grandi depuis. Elle se souvient comme si c'était hier, de ses entêtements et de ses espérances, puis le choc de la réalité, ses désirs brisés, ses rêves anéantis.

Margaux sait que si c'était à refaire, elle écouterait sa mère. Elle se secoue, sa fille est intelligente, elle comprendra. Margaux ne veut pas qu'elle traverse les mêmes cauchemars. Elle s'arme de courage.

- Je vais appeler le Dr Thibault et lui demander de faire ce qu'il faut très rapidement.

La porte d'entrée claque. La jeune ado lance son cartable dans l'entrée.

- Tu es déjà là. Wouahhh. Qu'est-ce qui t'arrive ?

Campée fièrement sur ses jambes, elle la provoque, elle adore ça. Margaux remarque qu'elle a ses yeux de fureur. La partie s'annonce rude.

- Viens ici, j'ai à te parler.

Sa mère a la voix des mauvais jours.

- Assieds-toi… C'est quoi ça ?

Le test est posé sur la table. Bérénice s'exclame.

- Tu fais les poubelles maintenant ?

- Tu ne me parles pas sur ce ton !

Les yeux de sa fille lancent des éclairs.

- Comme son nom l'indique, c'est un test de grossesse. J'ai décidé de garder le bébé.

- Il n'en est pas question. Tu vas avorter. On n'est pas mère à 14 ans.

- Tu l'as bien été à 16 ans toi.

- Justement, je sais ce que c'est d'avoir un enfant trop tôt. Un enfant, c'est pas une poupée. Tu es trop jeune pour t'en occuper.

- Mais je ne te demande rien !

Sa mère, furieuse, hausse le ton.

- Et avec quel argent tu vas l'élever ? Hein. Avec le mien bien sûr !

- Et toi, comment tu as fait ? T'es bien allée travailler comme vendeuse.

- Oui, mais tu ne réalises pas que…

Bérénice la coupe

- Je vais travailler, et j'aurai les alloc.

- Ma pauvre fille, il faut deux enfants pour toucher quelque chose de la CAF. Tu n'es même pas capable de t'occuper de toi déjà, alors un enfant, penses-tu !

Elle foudroie sa mère du regard.

- De toutes façons, tu ne m'as jamais fait confiance, pour rien.

C'est vrai, pense Margaux, qui la regarde intensément mais les mots ne franchissent pas ses lèvres.

- Qui t'a mise enceinte ?

- Personne.

- Tu lui as dit au moins ? Il en pense quoi ?

- Il n'en veut pas. Je m'en fous. Je veux le bébé pour moi seule.

Sa mère se lève.

- Il n'en est pas question. Tu vas avorter tant qu'il est temps. Le Dr Thibault va bien s'occuper de toi, tu verras. Maintenant, va dans ta chambre. Je ne veux plus te voir.

Margaux, défaite, s'est effondrée sur la table de la cuisine, la tête sur son coude. Elle ne lui laissera pas faire la même erreur. Des nuits sans sommeil, des hurlements toute la journée, et cette immense fatigue qu'elle traînait des semaines entières sous le regard goguenard de sa mère. Seul son père arrivait à calmer la petite. Il est mort trop tôt d'une crise cardiaque. Penser à son père est intolérable pour Margaux tant sa solitude lui brûle les entrailles.

Bérénice n'a pas fermé l'œil de la nuit. Les larmes aux

yeux, elle pense à Fabian, cet enfoiré. Elle se doutait qu'il ne réagirait pas bien mais de là à la virer. Elle l'aime cet imbécile. Il s'est moqué d'elle. Elle va lui montrer. Elle sera capable de s'occuper de son bébé toute seule. Elle saura faire, elle !

Elle sait que sa mère ne reviendra jamais sur sa décision. Elle va se barrer. Oui, c'est ça. Elle va partir. Elle met quelques affaires dans un sac. Ce matin, elle a cours plus tard. Sa mère est partie travailler. Elle prend l'argent liquide laissé dans une boite de thé à la cuisine.

Exaltée, elle prend le bus pour la gare. Dans les toilettes, elle se maquille, elle a piqué des tubes à sa mère. Elle espère que cela suffit pour la vieillir. Dans le hall, elle a un moment de solitude, toutes ces destinations. Un train part pour Nice dans quelques minutes. Oui, c'est bien Nice, le bébé aura chaud, il y a la mer.

Dans le wagon, elle s'endort d'épuisement.

Le service de la vie scolaire a prévenu Margaux. Sa fille n'est pas en classe ce matin. Elle appelle, affolée, sa mère qui persiffle et la raille. Elle ne lui sera d'aucun secours comme d'habitude.

- Elle ne rentrera pas. Je vais à la Police. Elle est mineure, il peut lui arriver n'importe quoi.

L'alerte est rapidement donnée. Les média diffusent le

portrait de Bérénice. Etre habillée de noir ne facilite pas les signalements.

A Nice, dans sa chambre d'hôtel minable du quartier de la gare, la jeune ado s'est teint les cheveux en blond. Elle a acheté un jean bleu et un sweat sage. Elle se maquille soigneusement, pas trop.

Elle arpente les rues de la ville, entre dans les cafés.

- Vous auriez un emploi de serveuse ?

De nombreux refus plus tard, elle s'assoit sur un banc, face à la mer, découragée. Elle pensait que ce serait quand même plus facile. La saison touristique approche. Les ponts du mois de mai devraient attirer du monde.

Les vagues la bercent et l'apaisent. Sa main caresse son ventre.

- On va y arriver, mon bébé, on va y arriver.

Elle retourne à l'hôtel. Le veilleur de nuit, qui en a vu d'autres, l'interpelle.

- Tu fuis tes géniteurs, c'est ça ?

- Non, je cherche du travail, vous avez des pistes ?

- Fais attention fillette, roulée comme tu es, tu pourrais mal tomber.

Bérénice s'énerve.

- Faites pas ma mère, j'en ai déjà une. Je sais me défendre. Je n'ai pas besoin de vos conseils. Je veux du boulot, c'est tout.

- Tu t'imagines où ici ? Tu crois que t'en trouves sous les sabots d'un cheval. La crise, t'en as tout de même entendu parler. C'est pas au programme de l'école ?

Furieuse, elle lui tourne le dos et remonte dans sa chambre. Elle éclate en sanglots. Pendant ce temps, le veilleur appelle son pote, Ange Simeone.

- J'ai une petite pour toi.

-...

- Je lui donne même pas quinze ans, mais un foutu caractère. Envoie quelqu'un chercher la vidéo.

L'Inspecteur Simeone l'identifie comme la fugueuse de Bordeaux. Au petit matin, il la cueille. Elle se débat comme un beau diable, ne se laisse pas amener facilement. Quelques heures plus tard, sa mère la récupère.

Bérénice est enfermée dans sa chambre pour la nuit. Elle tourne et vire, un tigre en cage. Elle se promet de repartir, à l'étranger cette fois. Après tout, Nice n'est pas loin de l'Italie. Ils sont beaux, les italiens, elle trouvera bien un papa pour son bébé.

Mais il faut qu'elle prépare sa fugue, cette première expérience n'aura pas été inutile. Sa mère vient lui ouvrir le matin.

- Tu vas cesser tes c…, Bérénice.

Ouh là, quand sa mère parle mal, c'est qu'elle est vraiment en colère. Elle s'assoit et nargue sa mère.

- Je repartirai. Je veux garder mon bébé.

- Il en est hors de question, je te l'ai déjà dit. Tu ne vas pas foutre en l'air ta vie pour un caprice. J'ai pris rendez-vous. Le Dr Thibault nous attend cette après-midi. En attendant, tu restes dans ta chambre, je retourne au magasin et viendrai te chercher.

Bérénice est atterrée. Elles terminent en silence leur petit-déjeuner. Margaux attrape sa fille par le coude, fermement.

- Maintenant tu me suis.

Elle la traîne vers l'escalier, l'oblige à le monter, Bérénice essaie de s'arc-bouter à la rampe. Sa mère la gifle violemment.

- C'est ce que j'aurais dû faire beaucoup plus tôt.

Le souffle coupé, la jeune ado la suit à l'étage. Sa mère ferme à clef la porte de sa chambre. Bérénice, furieuse, tape des poings sur la porte. Elle hurle. De longs cris déchirants qui laissent de marbre sa mère.

- Maman ! Maman! Tu peux pas me faire ça !

Margaux, dans le silence de l'habitacle de sa voiture, laisse les larmes jaillir. Elle n'en peut plus. Sa fille est ingérable. Le Dr Thibault a raison, elle doit absolument consulter un psychiatre. Elles ne peuvent plus continuer comme ça.

Bérénice s'est jetée sur son portable.

- Fabian, j'ai besoin de toi.

-...

- Mais non, ça n'a rien avoir avec le bébé. Ma mère m'a enfermée dans ma chambre. Viens m'ouvrir.

-...

- C'est pas une demande, c'est un ordre. Si tu ne viens pas, j'appelle tes parents, je n'hésiterai pas.

-...

- Et alors, oui c'est du chantage, tu me laisses le choix peut-être ? Tu me sors de là, c'est tout ce que je te demande.

Bérénice lui a dit où trouver la clef de secours dans les branches du laurier. Il entre, monte l'escalier, tourne la clef de la chambre. Elle lui jette à peine un regard et descend au salon.

- Tu peux te barrer. J'ai pas besoin de toi.

- Qu'est-ce que tu vas faire ?

- Ça ne te regarde pas.

- Bérénice...

- La ferme.

- T'es complètement givrée.

Il s'empresse de sortir de la maison. Elle s'installe dans le canapé. Sa main caresse son ventre.

- On va y arriver, je te le promets, elle ne te touchera pas.

Les heures s'égrènent lentement. Elle écoute de la musique, se prépare un jus d'orange. Bientôt midi et demi. Les roues de la voiture crissent sur le gravier. Elle arrive. Bérénice se lève, rejoint sa mère au garage en passant par la cuisine.

Surprise, Margaux s'exclame.

- Qu'est-ce que tu fais là ? Comment es-tu sortie ?

- Ça n'a pas d'importance. Maman, il faut qu'on parle. Ce bébé, je le veux vraiment. Je t'assure, je peux m'en occuper.

- Non. Tu n'en es pas capable. Regarde-toi !

Bérénice, qui s'était promis de rester calme, sent ses nerfs lâcher.

- Et toi, tu crois que t'étais faite pour être mère ? Tu t'es vue aussi. Toujours au travail. Jamais de gestes tendres, jamais de shopping en ville, jamais de ciné avec moi.

Elle s'est mise à crier. Margaux réplique.

- Bérénice, je ne te permets pas !

- Oui justement, tu ne me permets rien. J'étouffe, je meurs ici. Mon bébé, c'est mon souffle, c'est ma vie. Je veux le garder et tu ne m'en empêcheras pas.

Cramoisie, Margaux serre le bras de sa fille.

- Ça suffit maintenant. Tu montes dans la voiture. Le Dr Thibault nous attend.

Bérénice essaie de se détacher de la poigne de fer de sa mère. Elle voit le marteau sur le buffet du garage, s'en saisit, assène un coup sur la tête de sa mère qui s'effondre. La jeune ado reprend son souffle. Elle a les larmes aux yeux, sa mère ne cédera jamais.

Elle la tire jusque dans la cuisine. Elle ouvre le four, y met la tête de sa mère. Elle lui lie les poignets et les chevilles avec de la ficelle de cuisine. Elle allume le gaz. Elle attrape le scotch des colis. Soigneusement, elle calfeutre les interstices des deux portes, celle du garage, celle du salon.

Elle est sortie dans le jardin. Assise sur le fauteuil, elle se balance d'avant en arrière, caresse son ventre, murmure une berceuse, et attend.

Fin

Amoureuse fatou

A Déborah
qui rit souvent aux éclats d'amante !

Amoureuse Fatou

Oh cri fulgurant

Dans la nuit bleu du lac clair

Etincelles d'argent

Juin étend sa lumière profonde sur les toits de la ville. Le Quartier Saint-Michel a sorti ses couleurs dans la rue et les passants se hèlent d'une fenêtre à l'autre.

Chez elle, Fatou, fébrile, ouvre l'enveloppe. Sa mère est à l'affut du moindre signe. Sa fille lance un cri de joie en sautant sur ses pieds.

- Maman ! 15 à l'écrit et 16 à l'oral !

Fatou la prend par les mains et l'entraîne dans une ronde endiablée autour de la table de la salle à manger, sous l'œil attendri de son père.

- C'est bien ma fille ! Tu es récompensée de tout ton travail.

La jeune fille est soulagée. Elle était ressortie plutôt contente de ses examens de français mais l'attente des résultats a été insupportable.

- Je file voir Samba.

Elle déboule dans la rue, attrape son portable pour appeler Aurélien. Il a eu la moyenne et s'en contente. Il est heureux pour elle. Ils se donnent rendez-vous Place de la Victoire après le déjeuner.

Dans la salle d'attente, le voyant rouge indique que son parrain, le meilleur ami de ses parents, est en consultation. Samba est marabout.

Fatou trépigne, ne tient pas en place. Elle est folle de joie. Son père aurait voulu qu'elle suive une scolarité classique, il la voyait professeur des écoles, mais elle a choisi un bac pro électronique. Elle veut entrer dans le monde du travail vite. Se tanguiniser chez ses parents, très peu pour elle. Elle a soif d'autonomie.

Les grands yeux noirs de Samba brillent d'émotion.

- Oh que je suis content pour toi. Tu vois, mes incantations t'ont porté chance et mon gris-gris aussi.

Fatou rit de bon cœur.

- Mais oui, et mes heures de révision n'ont pas servi à grand-chose en fait !

- Et ton père ? Comment a-t-il réagi ?

- Il est content pour moi. Je sais bien qu'il n'a pas encore digéré mon choix d'orientation professionnelle mais ça lui passera. J'ai eu une évaluation de stage EDF dithyrambique ! Ils m'embaucheront peut-être après le bac l'an prochain.

- Ce serait l'idéal pour toi.

- Ca me plaît d'avoir ouvert la voie aux filles.

Malicieuse, elle ajoute :

- Je participe à l'évolution des mentalités sur l'égalité des sexes dans le travail. J'y tiens !

- Mouais, tu m'enlèveras pas de la tête que la meilleure place de la femme est à la maison à élever ses enfants, assène-t-il mi-sérieux, mi-souriant.

- Oh non, tu vas pas encore t'y mettre toi aussi !

Il adore la faire enrager. Il prend systématiquement le pli de la taquiner sans cesse. Fatou finit par ne plus savoir ce qu'il pense vraiment. Leurs joutes verbales sont connues de toute la rue !

*

- Aurélien ?

- Oui maman ? Je suis dans ma chambre, je boucle mon sac. Je passe prendre Fatou dans une demi-heure.

J'attrape des tee-shirts dans mon armoire. Je chante Stromae à tue-tête.

- N'oublie pas ton maillot de bain, et la grande serviette est dans la panière de linge repassé.

Elle m'embrasse, passe sa main dans mes cheveux.

- Passez un bon week-end. Et pas de bêtises hein. Au moindre souci, tu m'appelles et je viens vous chercher.

- T'inquiètes, ça va bien se passer.

Depuis la rue, je hèle Fatou qui passe la tête à sa fenêtre.

- J'arrive.

Son père a le regard noir des mauvais jours. Il est hostile au séjour de Fatou au bord des lacs d'Hosteins mais les femmes de la maison ont eu raison de lui.

- Arrête de faire cette tête, sourit Mamadi. Notre fille a bien mérité ses vacances.

- Oui mais…

- Il n'y a pas de mais. Elle est sérieuse, tu le sais. Aurélien est un garçon charmant… Elle grandit notre doudou, on va devoir s'y faire !

- Oui mais elle n'a que 17 ans !

- Et alors, j'étais déjà mariée avec toi à cet âge !

- Tu ne peux pas comparer ! Chez nous…

- Tu crois que tu vas la tenir enfermée tout l'été entre nos quatre murs ?

- Je n'ai pas dit ça. N'empêche, cette idée d'aller camper, ça ne me plaît pas.

Fatou s'est empressée de me rejoindre. Elle s'assoit derrière mon dos, je fais vrombir ma bécane de plaisir et nous saluons ses parents sortis sur le seuil de l'échoppe.

Dans de grands éclats de rire, nous avons monté nos tentes. Nina et Omar nous ont rejoints. On s'est dépêché de courir sur la plage et d'installer nos serviettes. L'eau du lac est fraîche. Il n'y a pas de vent aujourd'hui. Les feuillages des arbres ne bougent pas, les trous bleus du ciel font plaisir à voir.

Nous évoquons les résultats du bac de français. J'ai juste eu la moyenne, c'est pas mon truc, je préfère les maths ! Fatou n'a pas cessé de me taquiner toute l'après-midi.

*

J'entretiens le feu de bois tard dans la soirée. Fatou allongée a posé sa tête sur ma cuisse. Je joue avec ses frises brunes. Les autres sont partis se coucher. Elle est belle, ma Fatou, dans les ors ambrés des flammes.

Je suis tombé amoureux dès que je l'ai vue. Oui, le coup de foudre, ça existe ! Le picotement au bord des yeux, le palpitant qui s'accélère, et là, la soudaine conviction d'avoir rencontré la femme de ma vie !

Elle me sourit, ses doigts enlacent les miens. Je chuchote.

- Alors, tu te sens prête, ma belle ?

Elle devient grave, son regard ne me quitte pas.

- Oui.

Sa voix ferme s'élève sous les étoiles et je suis le plus heureux des garçons.

Emu sous la tente, je l'aide à se déshabiller, mes gestes sont maladroits, mais qu'importe ! Ma bouche descend le long de sa nuque. Son souffle s'amplifie sous mes caresses. J'ai avancé ma main tremblante sur ses seins découverts. Les tétons noirs sur sa peau brune forment deux îles volcaniques, mes doigts doucement les étreignent. Fatou a glissé sur le sac de couchage.

De mon index, je dessine les courbes fines, le ventre frémit, l'intérieur des cuisses tremble. Je la caresse longuement sous l'éclat mordoré de son regard.

Je la retourne. Sa cambrure est un enchantement. Je mets sa chevelure sur le côté et me penche sur sa nuque. Petits baisers qui la butinent et descendent le long de son dos. A cheval sur ses cuisses fermes, je me promène sur sa peau. Je suis heureux.

J'ai glissé sur le côté, elle s'est tournée à demi vers moi. Mes mains sur ses joues, j'ai avancé mon visage. C'est elle qui est venue poser ses lèvres sur les miennes. Sa main hésite, glisse et s'enhardit. Elle roule mon sexe dans sa main, descend son visage. Ses lèvres l'ont délicatement enserré. Je ne bouge plus, et me laisse embarquer.

Nous avons ri au moment de mettre le préservatif. Fatou n'a pas eu le rendez-vous à temps chez le gynécologue. Un vrai fou rire qui nous a détendus !

*

Fatou rit, rit, n'arrive plus à cesser de rire. Elle hoquète des larmes, à la fois de nervosité et de joie. Elle se sent tendue, et dans les vagues de rire qui la secouent, elle sent ses muscles et ses poumons s'affranchir d'un grand poids.

Elle s'est mise sur le dos, les bras au-dessus de sa tête. Aurélien s'est assis sur ses cuisses. Il est grand, sa peau pâle que le soleil d'été n'a pas encore brunie, contraste avec son corps d'ébène. Il se penche et l'embrasse. Elle l'a pris par la nuque, lui caresse le haut des épaules. Leurs souffles mêlés, le sexe d'Aurélien tâtonne un peu avant de trouver l'entrée.

La fulgurance de la douleur la foudroie sur place. Ses ongles dans les courbes des hanches d'Aurélien l'arrêtent instantanément. Il ne peut la pénétrer davantage. Leurs bouches séparées, Fatou reprend son souffle, les larmes aux yeux. Aurélien à ses côtés l'a prise dans ses bras et lui chuchote des mots de réconfort. Elle balbutie des mots d'excuse qu'il éteint en l'embrassant. Ils s'endorment ainsi, lovés l'un contre l'autre.

Le lendemain, au petit déjeuner, Fatou, silencieuse, boit son thé, absente. Nina fronce les sourcils. Cela ressemble si peu à son amie. Les deux garçons dorment encore dans leur tente.

- Ca va, Fatou ?

- Oui… si on veut…

Nina sourit malicieusement.

- Tu veux en parler ?

Fatou lève les yeux, lui rend son sourire.

- C'était comment pour toi, la première fois ?

Elle éclate de rire.

- Horrible ! Deux caresses, un baiser, une pénétration maladroite, une éjaculation précoce, et j'ai rien senti ! Depuis, on a fait du chemin, c'est sûr !

Fatou perd son regard dans la forêt.

- Ben moi justement, j'ai trop senti. Ca m'a fait mal. Tu crois que ça va durer ?

- J'ai lu des forums de filles. Effectivement pour certaines, c'est la douleur qui prime, puis ça passe.

Omar extirpé de son sac de couchage s'approche à demi éveillé.

- Bonjour les filles. Y'a du café ?

Il s'assoit, prend la tasse que lui tend Nina.

- Et Aurélien, ce grand paresseux, il dort encore ? La nuit a été courte, c'est ça !

Fatou rougit et ne dit rien.

*

Je l'ai prise par la main. Nous allons faire le tour du lac. Les ombrages frais de la nuit font frissonner Fatou. Elle est silencieuse, je sens qu'elle ne sait pas comment aborder les choses.

- Fatou, il n'y a pas de souci, d'accord. Ce n'est pas grave.

- Non… je sais bien. Je suis un peu surprise voilà tout. J'aurais voulu…

- Chut, pas de panique. On recommencera et ça se passera bien. C'est la première fois, c'est normal comme réaction.

- Mouais, peut-être… j'en suis pas si sûre… j'ai vraiment eu très mal… je ne suis pas sûre que ce soit normal.

- Normal, normal, vous n'avez que ce mot là à la bouche, les filles. Et si justement nous, on se distinguait ! Pour une fois. Allez, cesse d'être triste. Nous sommes dans un endroit superbe, profitons-en.

Mais je la sens s'absenter. Alors je lui conte l'histoire des fleurs et des plantes du lac. Je suis un fan de nature. Je viens ici depuis que je suis tout petit. Le coin n'a plus aucun secret pour moi.

Je lui raconte des histoires drôles aussi pour la voir sourire enfin. Elle se détend, elle rit parfois, et me voilà soulagé.

*

Depuis son retour d'Hosteins, Fatou, par moments, est grave et s'absente des conversations. Sa mère inquiète hésite. Un soir, elle tape à la porte de sa chambre.

- Je peux entrer ma fille ?

- Oui maman.

Fatou est sur son lit. Elle referme vivement son ordinateur portable. Mamadi s'assoit sur son lit. Elle est gênée, ne sait pas comment commencer.

- Ton séjour à Hosteins ? Tu n'en as pas trop parlé.

- C'était sympa. Le coin est superbe. On a fait plein de balades en forêt, on s'est baigné. Non, c'était bien, je t'assure.

- Et avec Aurélien, ça va ?

Sa mère a posé sa main sur la sienne.

- Mais oui maman, pourquoi tu me demandes ça ? On s'adore. Ce soir, on a prévu un ciné.

- Fatou, tu sais que tu peux venir me trouver si tu as des soucis.

Elle éclate soudain en sanglots, et dans le creux de l'épaule de sa mère, elle lui raconte sa première expérience. Mamadi s'est mise à pleurer.

- Ma doudou, c'est notre faute... au pays avant qu'on vienne ici... tu as été excisée...

Sidérée, Fatou considère sa mère avec horreur.

- Maman... c'est pas vrai ! Comment as-tu laissé faire ça ?

- C'était la coutume... on ne se posait pas de questions... c'est en arrivant en France que j'ai compris... tes jeunes sœurs ne l'ont pas été... j'ai dû batailler contre ton père, le menacer de tout dire... on va en parler au médecin, il y a des solutions, je le sais.

*

Je m'inquiète pour Fatou. Je ne sais plus comment l'aider. Elle peut rester des moments entiers sans rien dire, recroquevillée dans mes bras. Mon soleil ne lance plus que de faibles rayons. Je suis d'une infinie patience. Mais la douleur immanquablement surgit.

Puis la colère. Fatou navigue des heures sur le net. Elle découvre des histoires de vie inouïes des femmes de sa communauté. La jeune fille moderne rencontre le poids des traditions.

Elle mesure aussi pleinement le chemin parcouru par ses parents, le choc qu'a dû représenter leur intégration en France. Fille de l'avenir et de l'espoir, elle n'était pas du genre à se retourner sur ses racines familiales. Elle comprend mieux l'attitude de son père.

Cette révélation les a d'ailleurs rapprochés. Je suis soulagé. Fatou est devenue plus patiente avec lui. Samba en revanche a senti l'évolution de mon amie et tente de reprendre l'ascendant sur elle. Ca ne me plaît pas. Son idée fixe : notre mariage.

- Je ne comprends pas… il sait que tu veux ton bac et un emploi d'abord… pourquoi il insiste ?

- Tu sais… j'ai réfléchi… en fait c'est devenu plus compliqué du moment que je n'ai plus été une enfant… je croyais qu'il me taquinait, s'amusait à me faire enrager, mais non, il croit vraiment ce qu'il dit… il est sérieux.

- C'est un homme du passé, qui s'accroche à ses prérogatives masculines… la modernité l'effraie, il n'a pas réussi le grand saut.

- Hier soir, on s'est encore disputé. Méchamment disputé. Je ne l'avais jamais vu comme ça. Je me rends compte que plus je grandis, plus il se met en colère.

- Il est jaloux ? Il est amoureux de toi ?

Fatou éclate de rire.

- Ne dis pas de bêtises. Non, il veut que, toi et moi, on se marie !

*

Fatou a la mine grise des mauvais jours. Son corps lui refuse tout plaisir, se crispe sous les caresses du jeune homme. Elle fond en larmes dès que son sexe brûle en recevant celui d'Aurélien. Elle déprime. Ni les sorties aux Lacs d'Hosteins, ni les soirées au cinéma n'ont raison de son humeur. Aurélien la presse de se débarrasser de son obsession.

- Ma belle, tu ne vas pas penser à ça tous les jours. Nous allons prendre le temps, ne t'inquiète pas.

- Je n'en peux plus. J'ai toujours aussi mal, comme au premier jour. Ce n'est pas normal. Nina m'a dit que ça passerait et vois où on en est.

- Et si tu allais au Planning Familial ? Ma tante y a travaillé avant de repartir en Afrique. Je suis même prêt à t'accompagner si tu veux.

L'infirmière est une vieille dame qui a lutté sur tous les fronts de l'histoire du féminisme. Elle est vive et enjouée, met le jeune couple à l'aise. Elle parle, parle. Fatou se détend peu à peu, Aurélien sourit.

- Ma petite, je t'explique. L'opération consiste à tirer le nerf de ton clitoris vers le haut, mais c'est un peu tôt. L'ablation du clitoris n'empêche pas forcément le plaisir sexuel. Il faut voir toutes les composantes. Eprouves-tu du désir pour Aurélien ?

- Oui, je crois... ce n'est pas le problème... ni son comportement... nous prenons du temps... c'est juste la pénétration qui est insupportable.

- Bon, c'est déjà ça. Il faut être sûre de voir toutes les causes d'abord. C'est une idée reçue de croire que toutes les filles excisées n'ont pas de sensations. Certaines sont satisfaites de leur vie sexuelle. Il faut aussi chercher du côté psychologique.

- J'aime Aurélien et Aurélien m'aime, j'aime l'idée de faire l'amour.

- Oui et c'est important. Pour l'opération, en as-tu parlé à ta mère ?

- Oui elle me soutient dans mes choix.

Fatou sourit.

- Contrairement à mon père. C'est plus compliqué pour lui. Je ne suis pas sûre qu'il comprenne la gravité de cette pratique abominable mais il cédera parce qu'il veut mon bonheur.

- Il faut du temps pour faire évoluer les mentalités... Ce que je vous propose, c'est de continuer à vous apprivoiser corporellement, à trouver du plaisir dans les caresses. Ne vous obstinez pas à vouloir des relations sexuelles complètes. Plus vous vous crisperez, plus vous échouerez, vous comprenez ? Donnez-vous du temps, des jeux, sans pression. Et on se revoit dans trois semaines, d'accord ? Fatou, je te propose aussi un rendez-vous avec la psychologue pour faire le point de son côté aussi.

*

Aurélien est soulagé. La rencontre avec l'infirmière a défait quelques nœuds. Main dans la main, le jeune couple déambule sur le marché. Fatou adore cette ambiance, la marchande des quatre saisons hèle les passants, le camelot fait l'article du dernier économe à légumes, révolutionnaire forcément, le fromager lance ses odeurs entêtantes qui se mêlent aux parfums des pâtisseries. Elle semble apaisée, achète des fleurs pour sa mère.

- Oh quelles sont jolies ! Je sors un vase. Mon poulet est presque cuit. Vous pouvez mettre la table. Samba ne va pas tarder à nous rejoindre.

Il entre de son pas pesant, pose deux bises sur les joues de Fatou, serre froidement la main d'Aurélien.

- Qu'est-ce que j'apprends ? Ton père m'a dit que vous êtes allés au Planning familial ?

Sur la défensive, Fatou répond simplement.

- Oui, et j'envisage l'opération chirurgicale.

- Tu ne dois pas faire ça ! La tradition...

Elle le coupe sèchement.

- C'est ma vie, c'est mon corps, c'est moi qui décide.

- Fatou, tu me déçois. Ce n'est pas comme ça que tu as été élevée. Tu vas être le déshonneur de la famille.

Elle soupire.

- Samba, on est en 2014, tu m'entends, en 2014. Il serait temps de sortir de tes idéologies sexistes.

Son père lève la main.

- Eh là, tous les deux. Je ne veux pas de dispute à table.

- Si justement, parlons-en. L'excision est un phénomène gravissime, avec des répercussions insupportables pour beaucoup de femmes. Même au Sénégal, ils ont aujourd'hui des campagnes qui…

- J'ai dit, ça suffit Fatou, gronde son père.

Ulcérée, elle jette sa serviette sur la table et monte l'escalier quatre à quatre. Aurélien ne sait plus où se mettre. Sur un assentiment muet de Mamadi, il se lève et rejoint Fatou dans sa chambre.

*

J'ai accompagné Fatou à la manif. La dernière proposition de loi de la droite menace fortement le fonctionnement des plannings familiaux. L'infirmière et la psychologue sont là, nous nous mêlons à leur groupe. Ma belle crie à tue-tête les slogans du jour. Je suis fier de partager son combat. Elle est souveraine, ma panthère, ainsi remobilisée. Elle finit par abdiquer pour protéger sa voix.

- Si je continue, je ne pourrais plus parler… tu sais… j'ai bien réfléchi. Je veux tout savoir, où ça s'est passé, comment, avec qui.

Je fronce les sourcils.

- On avait dit que…

- Oui, je sais, je suis d'accord. On est patient, on est ici et maintenant et on regarde vers l'avenir. Mais moi, j'ai besoin de savoir. Ce trou noir dans ma vie, il me faut des images. Il faut que ma mère me raconte.

- Tu es sûre, vraiment sûre de vouloir tout savoir.

Fatou pose ses lèvres sur ma joue et chuchote.

- Oui Aurélien, je sens que c'est important... si je veux tourner la page.

- Ok, tu veux que je sois là ?

Elle hésite à peine, glousse.

- Non, je crois que c'est mieux entre filles ! Ma mère t'aime beaucoup mais je ne voudrais pas la mettre dans l'embarras.

*

Fatou a mis quelques jours à se décider. Mais la dernière séance chez la psychologue l'a convaincue d'agir. Elle se sent dans une impasse et n'avance plus.

- Maman, je peux te parler ?

Mamadi éprouve soudain une grande lassitude. Ca y est. Elle savait que ce moment viendrait. Sa fille ne lâche rien, jamais, comme d'habitude. Elle s'est préparée à cette épreuve, mais tout à coup, elle panique.

- Je veux tout savoir. J'en ai besoin.

Sa mère pose son fer à repasser et vient s'asseoir dans le fauteuil. Fatou, lovée sur le canapé, s'est saisi d'un coussin qu'elle enserre dans ses bras, sous son menton.

- Tu avais deux ans. Les voisins étaient là. Pour toi, ça s'est plutôt bien passé. Tu as pleuré, crié et je t'ai consolée.

- C'était qui ?

Mamadi se retient de pleurer.

- Un homme du village, il intervenait dans toute la campagne.

- C'était qui ?

- Tu ne le connais pas.

Mamadi a répondu trop vite. Fatou, les yeux agrandis d'effroi, craint de comprendre. Ses lèvres esquissent un ô mais le son reste bloqué au fond de sa gorge. Elle déglutit avec peine.

- … ne me dis pas que… c'est Samba.

Des larmes silencieuses coulent sur les joues de sa mère.

- On ne savait pas ma Doudou, on ne savait pas. C'était la coutume. C'est plus tard qu'un médecin français nous a expliqué, à nous les femmes du village. Après on est venu en France rejoindre ton père. Samba est arrivé plus tard.

Fatou est anéantie. Sa mère poursuit maladroitement.

- Ce qui est fait est fait. Il faut tourner la page. Ca ne sert à rien de réveiller de mauvais souvenirs.

- Des souvenirs ! Non mais je rêve ! Pour moi, c'est d'une brûlante actualité.

- Sois positive. Ca ne t'empêchera pas d'avoir des enfants, d'aimer Aurélien.

- Je ne parle pas ni de mariage, ni d'enfant, maman. Je te parle de plaisir, de jouissance, de joie des relations sexuelles.

- Un peu de patience, Fatou, tu peux reconquérir tout ça, les gens du Planning vont t'aider.

*

Je ne reconnais plus ma panthère. Fatou s'est enfermée dans sa colère et son mutisme. Elle m'évite. Mon comportement l'agace, mes propos l'énervent. Je ne sais plus que dire, ni que faire. Elle s'est lancée dans sa croisade personnelle. Elle ne cesse d'irriguer les forums et les réseaux sociaux, des jeunes filles lui demandent son aide. A la rentrée, elle a monté avec l'infirmière un groupe de parole au Lycée pour sensibiliser les filles et l'opinion publique.

Son père n'est pas content du tout mais Mamadi tempère son rigorisme et défend sa fille. Le couple se dispute souvent. L'ambiance à la maison est devenue intenable.

Fatou, bien sûr, a voulu trouver Samba. Je l'ai accompagnée.

- Pourquoi ? Pourquoi tu as fait ça ?

- Parce que c'est la coutume.

- Mais tu réalises la gravité de cette pratique ?

- C'est pour le bien des femmes. On assure leur pureté et elles seront plus fécondes aussi. Tu veux des enfants plus tard ? Ca te donnera de beaux garçons.

- Samba, tu sais bien que ce sont des inepties. La sexualité des femmes te fait donc si peur ? C'est une atteinte fondamentale à l'intégrité corporelle, c'est inadmissible.

Le ton monte. Et je compte les points. Ni l'un, ni l'autre n'abandonne ses arguments. Fatou, excédée, s'est mise à crier. Samba debout gesticule en tout sens en hurlant. Folle de rage, elle renverse tous les objets sur le bureau. Il la gifle. Ils s'empoignent et je suis obligé de les séparer et de forcer Fatou à me suivre.

Dans ma chambre, elle ne décolère pas. Elle fait les cent pas.

- Tu te rends compte, Aurélien. Il ne comprend pas, il ne comprend pas.

- Mets-toi à sa place une seconde. C'est toute sa conception de la vie que tu lui demandes d'abandonner. C'est compliqué.

- Et lui, tu crois qu'il se met à ma place ? Et moi ? Ma douleur ? Il ne la voit pas ?

- Il a cru bien faire. C'est du passé. Regarde, le Sénégal a beaucoup progressé sur cette question, tu le dis toi-même.

- C'est vrai, concède Fatou. Mais je ne peux pas concevoir que mon propre parrain ait fait ça. Je ne peux pas. C'est insupportable.

Elle se jette dans mes bras et sanglote. Ma main caresse sa tête et je la berce pour la calmer.

*

Fatou a passé une nuit blanche. Elle déteste les conflits, mais là, c'est plus fort qu'elle. Sa douleur crie dans son ventre, les messages des autres filles l'assaillent et entretiennent son malaise.

Même Nina s'est éloignée. Si elle comprend sa fureur et son combat, elle désapprouve l'attitude de Fatou, enfermée dans son propre dogmatisme, refusant d'analyser les cadres de référence qui ne sont pas les siens.

- Fatou, la vie est compliquée. Ne la rends pas plus opaque par tes délires et tes excès. Occupe-toi de toi, d'Aurélien, fais la paix avec ta famille. Tu n'as rien à gagner dans cet entêtement.

- Ce n'est pas toi qui es concernée, Nina. Je choisis ce que je veux vivre.

- Mais tu te détruis ainsi. Sois raisonnable. Je ne te dis pas d'abandonner ta cause, juste de changer de méthode et de comportement.

- Casse-toi, Nina, si c'est pour me faire la morale. Tu ne comprends pas. J'en ai assez entendu.

Nina, dans un soupir, attrape son sac.

- Fais-moi signe quand tu seras calmée… Ciao.

Fatou est descendue à la cuisine se préparer un jus d'orange. La gorge en feu, trop de cris dans la tête. La migraine guette au bord des cils.

Sa jeune sœur surgit soudain.

- Fatou, Fatou, viens vite. C'est Nafi. Sa mère vient de partir chez Samba. Elle a réussi à m'envoyer un texto. Sa petite sœur, vite.

Fatou s'est précipitée dans la rue sur ses talons. Elle jaillit dans le bureau de Samba. La petite est allongée sur la table. Sa mère lui tient les épaules, une voisine, les hanches. Elle se précipite sur les deux femmes, prend l'enfant dans ses bras.

- Vous ne la toucherez pas… Vous n'avez pas honte ? Vous n'avez donc rien compris ?

- Arrête Fatou, que vont dire nos maris ? Tu ne peux pas intervenir.

- Partez, partez tout de suite.

Samba proteste mais elle le coupe.

- Toi, tu recules. Allez. Partez.

- On reviendra Samba, on reviendra.

Restés seuls, Fatou et Samba se font face. Il l'attrape par le bras, l'enserre et lui fait mal.

- C'est mes affaires. Je suis ici chez moi. Je ne force personne. C'est leur choix. Va t'en. Je ne veux plus te voir ici.

Fatou pâlit sous l'injonction, se saisit de la boule de cristal sur le bureau et frappe Samba à la tempe. Ivre de rage elle ne se contient plus, assène plusieurs coups. Son obsession : l'arrêter à tout prix, il ne doit pas recommencer. Elle traîne le corps inconscient du marabout jusqu'à sa salle de bains, le déshabille et le bascule dans la baignoire. Elle ouvre le robinet d'eau et regarde la montée lente des remous.

Elle saisit le sèche-cheveux.

Fin

Mauvaise chute

A Fanny

Qui ne perd jamais patience !

Mauvaise chute

Douloureusement
Ivre de sœurs et de mère
Solitude amère

Arthur s'est enfermé dans sa chambre. Depuis son arrivée dans la famille d'accueil, il n'a pas desserré les dents. Mme Grenier, inquiète, a demandé à l'éducatrice de venir. Il ne veut pas la voir, n'en a rien à faire du placement. Il veut rentrer à la maison avec ses sœurs. Buté dans son mutisme, il dessine à l'encre de chine des feuillages d'Asie et les grues de l'espérance.

Lalie toque à la porte.

- Arthur ? Je voudrais entrer.

Il se lève, tourne la clef et va s'asseoir sur le lit. Elle prend la chaise du bureau, s'assoit à califourchon. Ce qui le fait sourire. Son père aussi, il faisait tout le temps ça. Ca, c'était avant. Avant qu'il ne disparaisse dans la nature.

- Tu me racontes ? Mme Grenier dit que c'est bien compliqué de parler avec toi.

- J'ai rien à dire. Je ne veux pas être là, c'est tout. Je veux rentrer à la maison avec mes sœurs.

Lalie reprend patiemment les attendus du placement.

- C'est un accueil provisoire. Tu entends bien ? Provisoire. Ta mère est trop fatiguée en ce moment, elle a besoin de souffler, de se faire soigner.

- Mais je m'occupais d'elle et de mes sœurs. Elles sont toujours allées à l'école bien habillées et peignées, j'y veillais.

- Tu n'es pas en cause, Arthur, mais ce n'est pas à un adolescent de jouer au papa avec ses sœurs. Tu as ta vie à mener, des projets à concrétiser.

Arthur baisse la tête, ses lèvres tremblent.

- Elles me manquent.

- Je sais… je sais que c'est difficile, mais tu es un garçon intelligent. Tu vas y arriver. Je peux compter sur toi ?

Il hoche la tête mais n'en pense pas moins. C'est pour lui faire plaisir. Il aime bien son éducatrice. C'est la première adulte à lui parler normalement.

Au repas du soir, Arthur n'a pas décroché un mot. Mme Grenier n'a pas insisté, s'est occupé de Kévin beaucoup plus chaleureux. Petit garçon extraverti qui s'épanouit comme une jeune plante en pleine croissance. Il en est des placements comme des semis. Ca marche ou ça ne marche pas.

Le lendemain, au collège, Arthur traîne son mutisme de cours en cours, mais les profs aiment bien les élèves silencieux, faciles à gérer qui ne perturbent jamais la classe. Il passe ses intercours tout seul aussi. La douleur, c'est comme la laine de verre, un isolant parfait. Il se réfugie au centre de documentation. Heureusement, les livres sont ses meilleurs amis. Plus tard, il sera écrivain, il l'a décidé comme ça, un soir où, exténué de colère, il a pris son stylo pour éteindre sa rage. Ou dessinateur. Oh oui, il aimerait bien, des images en noir et blanc, comme sa vie où les couleurs ne restent pas.

Quand il a découvert l'art des estampes japonaises, il est resté foudroyé. C'est ça oui, c'est ça qu'il voudrait peindre, le vent léger dans les feuilles. Il a volé une plume et de l'encre de chine dans une papèterie du centre-ville. Oh, il a mis longtemps à se décider. Le bien, le mal, il sait ce que c'est. Mais pas d'argent pour ces futilités, avait dit sa mère. Ben voyons, elle a besoin de tous ses sous pour les boire. Alors, oui, il a volé. Le commerçant qui suivait son manège depuis plusieurs jours a fait semblant de ne rien voir, pour cette fois. Il ne faut pas empêcher les artistes de se réveiller.

Arthur dessine. Des paysages de blancheur innocente, des arbres de noirceur éclatante, des oiseaux libres et des pétales roses. Se fondre dans le clair obscur de la feuille. Il a aussi découvert l'art des haïkus. "Cerise ouverte. Le vent de juin souffle. Cicatrice en deuil".

Il appelle ses sœurs au téléphone. Si près et si loin à la fois. Elles sont placées ensemble dans la commune voisine. Elles ont visité le zoo de Pessac aujourd'hui.

- Pourquoi maman ne nous a jamais amenées ?

Le cœur d'Arthur se serre. C'est vrai, il aurait pu y penser.

- Je ne sais pas, mes puces. Elle n'y a pas pensé, c'est tout.

- Quand est-ce que tu viens nous chercher ? demande Noémie. La question lui coupe la respiration.

- Bientôt, je te le promets. Je vais trouver une solution.

Il voudrait ne jamais raccrocher, rester suspendu aux paroles de ses sœurs. Dieu, qu'elles lui manquent. Il s'est mis à pleurer sous sa couette, il a mis longtemps à trouver le sommeil.

Mercredi. Arthur passe la journée chez sa mère. Sans ses sœurs pour cette première fois. C'est l'Inspecteur du Service Enfance Famille qui l'a décidé ainsi. Il n'a pas compris pourquoi et il déteste ne pas comprendre. Lalie s'est empêtrée dans des explications qui ne l'ont pas convaincu.

- Avoir ta mère pour toi tout seul, c'est bien, non, pour vous retrouver.

Nous retrouver. Il y a longtemps que sa mère est perdue pour Arthur. Il avait quoi ? 7 ans ? quand en rentrant de l'école, il a vu, pour la première fois, sa mère ivre dans le salon. Les jumelles de 2 ans, assises au pied du canapé, suçaient leur pouce, enserrant leur doudou. Il se souvient comme si c'était hier. Il a ramassé les bouteilles vides en cachant ses larmes, a tant bien que mal mis ses sœurs en pyjama et préparé des pâtes et du jambon blanc. Il avait oublié de les saler. Leur goût fade lui revient constamment à la mémoire.

Depuis, il n'a cessé de faire des pâtes et de coucher ses sœurs. Il regarde sa mère. Porcelaine vrillée de fêlures au creux des yeux et de la bouche. Elle a bu, un peu, pour se donner du courage. Lalie a beau dire, ce n'est pas encore gagné.

- Tu vas bien mon chevalier ?

Arthur déteste qu'elle l'appelle comme ça. Il le lui redit sans cesse, et sans cesse, elle oublie.

- Ne m'appelle pas comme ça.

Elle rit confuse.

- Mais tu es mon chevalier à moi… Comment tu vas ?

- Pourquoi tu as fait ça, maman ?

Elle pâlit, ne comprend pas.

- Fait quoi, mon chéri ?

- Le placement. Pourquoi ?

Elle baisse la tête, se tord les mains en tremblant.

- Je… j'ai… je pense que c'est bien… je vais me soigner et on se retrouvera tous ensemble… c'est pas comme si un juge intervenait… et je…

Elle se tait devant le visage fermé de son fils.

- Rappelle-toi… l'assistante sociale… elle a dit que c'était trop pour toi… de t'occuper de moi, de tes sœurs.

- J'ai rien demandé, moi. On y arrivait tous seuls. T'avais pas besoin de signer ce foutu document !

Annette sursaute au ton cinglant de son fils.

- J'ai cru bien faire.

- Ben, tu t'es trompée. Tu dois rattraper tes conneries. Tu dois leur dire que tu as changé d'avis.

Les poings glacés d'Arthur claquent sur la table. Effrayée, Annette balbutie.

- Ben… j'ai signé pour six mois… il faut attendre six mois… pour faire le point… ça va vite passer, ne t'inquiète pas.

Pleine d'espoir, elle avance.

- Et puis, je serai guérie dans six mois… je vais en cure la semaine prochaine.

Arthur ricane.

- Guérie ! Mais tu t'es vue… Ca fait des plombes que tu bois, et là, hop, un séjour à la campagne et tu reviens nickel, laisse-moi rire.

Annette tente de se rebiffer.

- Ne me parle pas sur ce ton Arthur, je suis tout de même ta mère.

- Ah ouais, ma mère, fallait y penser avant. Si tu l'étais vraiment, t'aurais pas signé ce putain de document.

Il se lève brusquement. Elle a levé la main pour se protéger. Il fuit dans sa chambre dessiner un cerisier jusqu'au retour chez Mme Grenier.

Lalie s'est garée devant l'immeuble. Arthur s'est glissé sur le siège passager à l'avant.

- Et mes sœurs ? Je vais les voir quand ? Pourquoi pas aujourd'hui ?

- Mercredi prochain, je te l'ai dit. Je viendrai aussi te chercher et je te ramènerai… comment ça s'est passé chez toi ? Avec ta mère ?

Il a délibérément tourné la tête vers la vitre et ne répond pas.

- Arthur, je t'ai posé une question.

- Comment voulez-vous que ça se passe... ça fait des années qu'on communique plus... vous avez vu ? Elle avait bu avant que j'arrive.

- Oui j'ai remarqué... c'est difficile pour ta mère, il faut que tu fasses l'effort pour la comprendre... si tu veux grandir.

- Oh, mais j'ai déjà tout compris vous savez... en cloque à 15 ans d'un inconnu de boîte de nuit, mon père, qui la largue, mariée à 18 avec un homme qui la lâche enceinte, plus quelques autres qui ne sont pas restés. Elle a rien pour être mère.

- Elle vous aime, avec maladresse peut-être, mais elle vous aime. Et ça, tu ne dois pas l'oublier.

- Si elle nous aimait vraiment, elle n'aurait pas signé le placement et je serai auprès d'elle et de mes sœurs.

- Ah, tu ne vas pas recommencer. Je t'ai expliqué que cela pouvait représenter la chance de ta vie. Il faut savoir la saisir.

- Ca dit surtout que je suis tout seul. Ma mère se barre en cure, mes sœurs sont même pas avec moi. Je suis tout seul.

- Et moi alors, je suis là. Mme Grenier et sa famille aussi. On est là pour t'aider Arthur, il faut juste que tu y mettes un peu du tien.

Renfrogné sur son siège, Arthur ne lui parle plus. Lalie se dit qu'en ce moment elle n'a pas besoin de ça. Elle a assez de situations dramatiques à se coltiner, merci bien.

Le conseiller d'éducation n'a pas pu faire autrement que de la prévenir. Arthur s'est battu avec un camarade de classe. Conseil de discipline à venir. Il risque trois jours d'expulsion.

- Tu m'expliques ? Qu'est-ce qui s'est passé ?

Arthur, buté, ne répond pas.

- Tu n'es pas du genre à te battre sans raison. Alors explique… je t'écoute… j'aimerais comprendre.

Lalie serre les mâchoires. Ras-le-bol des ados. Elle se voudrait loin, loin, sur une plage déserte. Arthur a senti son mouvement d'humeur.

- Ben, il a insulté ma mère… il m'a traité de fils d'alcoolo… il n'a pas le droit… même si c'est vrai, il n'a pas le droit… je veux rentrer à la maison avec mes sœurs.

- Arthur… fais un effort, tu veux bien… donne du temps à ta mère pour qu'elle se soigne et elle vous récupérera tous les trois… je te le promets.

- Faites pas des promesses que vous ne pourrez pas tenir. C'est pas vous qui décidez.

- Non, c'est l'Inspecteur effectivement, mais il le fera à partir de mon rapport.

Arthur a des larmes au fond des yeux.

- Elle n'y arrivera pas, ma mère. C'est fichu d'avance. Ca se voit que vous ne la connaissez pas. Elle est allée trop loin. Son père aussi, il buvait, vous le savez ?

- Oui, mais les gens peuvent changer Arthur, il faut y croire.

- C'est pas vous qui avez ramassé des cadavres de bouteilles toute votre enfance. Pendant des années. Vous comprenez. Des années.

L'obstination d'Arthur serre le cœur de Lalie. Oui, des années qu'il encaisse une situation bien trop lourde pour lui.

Arthur a prétexté un entraînement au foot. Il a pris le tram. Mercredi, c'est trop loin. Posté devant la maison de la famille d'accueil de ses sœurs, il essaie de les apercevoir dans le jardin. Il les entend rire et chahuter. Ce n'est pas juste. Il aurait dû être avec elles. L'Inspecteur n'aurait jamais dû les séparer.

Noémie l'a aperçu la première. Elle crie de joie, s'approche de la haie.

- Arthur ! Arthur !

Sa sœur Candice, plus craintive, n'a pas bougé. Elle a encore le souvenir de la dernière gifle, le jour où elle avait renversé son chocolat sur la robe. Excédé, il l'avait prise par les cheveux, traîné à la salle de bains pour qu'elle se change. Annette, affalée dans le canapé, avait à peine protesté.

L'assistante familiale est sortie de la maison.

- Qu'est-ce que tu fais là Arthur ? Tu sais bien que tu n'as pas le droit d'être là.

- Je veux voir mes sœurs, leur parler.

- Tu les verras mercredi, tu te rappelles. On va se retrouver au point-rencontre, vous jouerez ensemble.

- J'en ai rien à foutre du point-rencontre. Je veux les voir à la maison. Je veux rester avec elles.

- Arthur, je te demande de partir, sinon j'appelle Lalie.

Il s'accroche à la grille. Noémie ne sait plus que dire. Candice tire sa sœur par la manche.

- Allez, viens, on rentre.

L'assistante familiale s'interpose.

- Oui c'est ça, rentrez les filles.

Arthur a un mouvement d'impatience.

- Non attendez, encore un peu.

- Ca suffit maintenant, tu dois partir.

Elles sont rentrées. Noémie s'est précipitée à la fenêtre mais Candice l'a tirée en arrière.

Arthur balance un grand coup de pied sur la poubelle. Les sacs roulent sur le trottoir. Il part en courant vers le tram, lance des insultes et des invectives.

Echoué sur le siège, il gémit. Il ne se rend pas compte des larmes qui glissent dans son cou. Mme Grenier, prévenue, lui passe un savon et lui intime l'ordre de rester puni dans sa chambre. De rage, il claque sa porte.

Arthur n'a pas eu la sanction des trois jours d'expulsion. Commuée en trois heures de colle. Le Principal, indulgent, a tenu compte de la situation. D'autant que les résultats scolaires se maintiennent. C'est un élève investi, jusque là il n'a jamais fait parler de lui.

Lalie reste inquiète. L'escapade d'Arthur chez ses sœurs a laissé quelques traces. Mme Grenier est plus que jamais comblée par Kévin et néglige le jeune ado. C'est sûr, pas le genre gratifiant pour une famille d'accueil. Il fait tout pour se faire détester dans l'espoir de rentrer à la maison.

L'Inspecteur du Service Enfance Famille a sa nièce dans le même collège. Venue la chercher un soir, Arthur le reconnaît et s'approche.

- Quand est-ce que je rentre à la maison avec mes sœurs ?

- Pas tout de suite Arthur. On t'a déjà expliqué. Ta mère est à Orthez, laisse-lui un peu de temps.

Arthur élève la voix.

- Mais je suis tout seul ! Je veux être avec mes sœurs !

- Non, ce n'est pas possible.

Arthur approche encore et le toise menaçant. L'Inspecteur recule.

- Pourquoi vous faites ça ? Pourquoi je ne suis pas avec elles ?

- Tu le sais. Ce n'est pas à un aîné de s'occuper de ses sœurs. Tu dois d'abord penser à toi.

Les yeux flamboyants du jeune garçon le foudroient sur place. Vigilant, l'Inspecteur protège sa nièce derrière lui tout en glissant vers sa voiture.

Arthur repère une grosse pierre, la saisit et au moment où la voiture démarre, la lance de toutes ses forces sur la carrosserie.

L'Inspecteur, le lendemain, appelle Lalie, lui raconte leur altercation.

- Le comportement d'Arthur est inquiétant. Il continue bien de voir la psychologue du service ?

- Oui mais pour l'instant, elle n'arrive à rien. Arthur se tait dans toutes les séances. Elle a juste réussi à ce qu'il dessine. Car c'est sa passion.

- Ah, et il est doué ?

- Oui vraiment. Il fait des estampes japonaises de toute beauté. A cent lieux de son tempérament volcanique. Ces dessins respirent la paix, c'est incroyable.

- Bon, je vais devoir le convoquer ici et le rappeler à l'ordre pour l'incident de ma voiture. Vous me l'amènerez demain matin.

Arthur, comme à son habitude, ne décroche pas un mot sur le trajet, malgré les tentatives patientes de Lalie.

- Tu réalises que tu te mets dans les difficultés tout seul ?

- …

- Tu crois qu'en caillassant le véhicule de l'Inspecteur, tu vas arranger les choses ?

- …

- Oh je te parle là !

- J'ai rien à dire. Laissez-moi tranquille. Je veux rentrer à la maison avec mes sœurs.

Lalie soupire.

- Tu es têtu, c'est le moins que l'on puisse dire.

Le rappel du cadre n'impressionne guère le jeune adolescent. Le discours de l'Inspecteur glisse sans effet sur Arthur. Seule la menace d'un signalement au Juge des Enfants semble un temps l'ébranler. Mais il se referme aussitôt.

Lalie le raccompagne. Mme Grenier a les yeux noirs des mauvais jours.

- Ecoutez, je n'en peux plus. Il devient insupportable.

- C'est difficile pour lui, il s'est investi d'une mission auprès de ses sœurs et il a du mal à accepter qu'elles aient aussi besoin d'espace et de liberté.

- Hier, il s'en est pris à Kévin. Ecoutez, je ne veux plus le garder. Dites à l'Inspecteur de trouver une autre solution. J'en peux plus moi et mon mari ne sait plus comment le prendre.

- Je vais voir, je lui en parlerai demain, c'est promis.

Arthur, de sa chambre, a tout entendu. Il attend que tout le monde soit endormi. Il a pris sa décision. Puisque personne ne veut de lui, il s'enfuit. La nuit est fraîche. Arthur frissonne sous sa veste trop légère. Il ne sait pas où aller. Il erre dans les rues, se retrouve à la gare.

Le sans-abri des consignes l'interpelle.

- Tu es bien loin de chez toi, à cette heure.

- Je n'ai pas de chez moi.

- Tes parents, ils sont où ?

- Mon père est parti et ma mère est à l'hôpital.

- Tu es tout seul ? Pas de frères ou sœurs ? Pas de famille ?

- J'ai deux sœurs, des jumelles, mais je ne suis pas sûre qu'elles veuillent de moi. Je peux rester là cette nuit ?

- Ok, mais demain, tu me promets de rentrer d'où tu viens !

Arthur, épuisé, s'est endormi de chagrin. Le sans-abri pose sa couverture sur lui. Ce n'est pas la place d'un gamin ici. Il titube jusqu'au quai, trouve le bureau de la Police ferroviaire.

- Je veux bien veiller sur le garçon mais il va falloir trouver qui c'est et le ramener à la maison. Il dit tout le temps dans son sommeil qu'il veut rentrer.

Lalie s'est précipitée à la gare.

- C'est malin. Tu aggraves ton cas, là, tu en as conscience ?

- Ca m'est égal.

- Je te ramène chez Mme Grenier. L'Inspecteur va devoir avertir le Juge cette fois.

Le lendemain, Arthur ne se rend pas au collège. Il veut voir l'Inspecteur et plaider sa cause.

Devant l'immeuble du Service Enfance Famille, sur l'esplanade, l'agent de sécurité lui refuse l'entrée. Il n'a pas de convocation, il n'entre pas. Arthur découragé, s'est assis sur le bord de la fontaine. Il attend, en crayonnant des grues sauvages. Vers midi, il le voit franchir enfin les portes vitrées et il lui emboîte le pas. Il va comprendre, ce n'est pas possible autrement.

- Monsieur ! Monsieur !

- Arthur, mais qu'est-ce que tu fais là ?

- Je voulais vous voir.

- Non ça suffit maintenant. Ton sort est entre les mains du Juge.

L'Inspecteur lui tourne le dos. Arthur sort son cran d'arrêt, le coince contre la rambarde, se met à hurler.

- Nooon… vous allez m'écouter. Je veux rentrer à la maison avec mes sœurs.

Tout en bas, les voitures passent à vive allure dans la rue. L'Inspecteur a jeté un coup d'œil sur le trafic et la hauteur. Il lève les mains.

- Calme-toi Arthur. C'est bon, je vais t'écouter. Allons nous asseoir par là.

Un passant a alerté la sécurité. En voyant arriver les agents, Arthur panique, bouscule l'Inspecteur par-dessus la rambarde. Il s'écrase sur le bitume et meurt sur le coup.

Arthur, affolé, s'enfuit sur les terrasses de Mériadeck.

Fin

Couleur cerise

A Nadia

qui lutte pour la féminitude !

Couleur cerise

Parole empêchée
Cri du corps qui n'en peut plus
Et saigne l'abus

Je suis entrée dans la serre la première. Ma petite sœur Sophie ne va pas tarder. J'ai posé mon cartable sur le banc de métal et jeté mon écharpe.

- Oh, ma petite, il est vraiment très lourd ! Je ne comprends que vos profs vous infligent ça. As-tu bien travaillé aujourd'hui ?

- J'ai eu 14 en SVT.

Mon oncle pose sa main sur ma tête. Je tressaille. C'est lui qui nous garde après les cours, le temps que nos parents rentrent du travail.

- C'est bien, très bien. Allez, viens m'aider, tu feras tes devoirs un peu plus tard. Je m'occupe des orchidées en ce moment.

Je soupire. C'est toute sa vie, cette serre. Il travaille au Jardin botanique depuis des années. Mes copines m'envient d'être là tous les jours. Je leur laisserais volontiers ma place pour me retrouver dans ma chambre.

Ce n'est pas que mon oncle soit un homme désagréable. Honnêtement. Il a une belle cinquantaine entretenue, une chevelure blanche, même Alain Resnais pourrait la lui envier, c'est dire. Il est surtout charismatique. Toutes les femmes l'adorent. Ma petite sœur aussi, qui se jette dans ses bras en rentrant de l'école, "immanquablement tous les jours que Dieu fait", comme disait ma grand-mère.

Sa passion pour cette serre est monstrueuse. Je ne comprends pas. Son humidité constante est une horreur pour mes cheveux frisés. Sa chaleur rêche est une horreur pour ma peau. Et les odeurs aigres et suffocantes, une horreur tout court. Je déteste venir ici. Les plantes et les fleurs, je ne les aime que dans les boutiques fraîches des fleuristes.

Et allez, le voilà lancé sur les orchidées ! On en a pour une heure au moins. Le répertoire est riche, pensez, 25000 espèces, 850 genres, sur 75 à 86 millions d'années. Vient du mot grec *orchis,* qui signifie testicule, en référence à la forme des tubercules souterrains. C'est à Théophraste que l'on attribue cette dénomination. Il se répète en plus, à croire qu'il le fait exprès, en fait, oui, il le fait exprès.

- Regarde Sophie, celle-ci... C'est ma dernière arrivée, l'orchidée Colombe... Elle est rare, elle est protégée au Japon... Tu vois, elle fait à peine 25 cm, elle fleurit tout l'été... Penche toi, vois ses fleurs blanches... Elles s'épanouissent en grappes légèrement parfumées... Pas étonnant de s'appeler Colombe.

J'ai tourné la tête. Effectivement, chaque fleur de 2 à 3 cm est finement découpée, ressemblant à un oiseau en plein vol. Elle est magnifique, je le reconnais. Mon oncle a une nette préférence pour les fleurs blanches. Moi, je déteste cette couleur.

- Les filles, je vous laisse vous installer dans mon bureau pour vos devoirs. Je termine avec les orchidées. Je vous rejoins après. J'ai ma conférence sur les plantes vénéneuses à préparer pour vendredi.

- Oh, c'est super, je pourrai venir. Je n'ai pas classe le lendemain.

Je soupire, ma sœur est une inconditionnelle des interventions publiques de notre oncle. Malicieux, il poursuit.

- Je vais vous expliquer comment commettre le crime parfait !

Sophie rit aux éclats. Depuis qu'elle a découvert John Chatterton, le chat détective, elle est fan du genre. Elle a tout lu des bouquins de la bibliothèque familiale. Ma mère a tout gardé : ses Club des Cinq, ses Fantômette, le Clan des Sept... Ma préférence, c'est Alice Roy, la belle blonde aidée de ses amies Bess et Marion, j'ai un petit faible pour Ned bien sûr. Bon, assez rêver. J'ai un contrôle d'histoire-géo à réviser.

Mon oncle a une immense table en bois qui lui sert de bureau. Nous ouvrons nos livres et nos cahiers. Un peu plus tard, il revient de la serre. Il s'approche derrière moi et se penche sur mon cours. Je tressaille. Je sens son after-shave, qui couvre avec peine les remugles des plantes. Je ne supporte plus ces odeurs. Son souffle me chatouille désagréablement le cou. Je me tortille sur ma chaise. Sa main effleure ma joue avant de fermer mon livre.

- Je vous ramène les filles ?

Nous ramassons nos affaires.

Ma mère termine leurs bagages. Musicienne au Grand Théâtre, comme mon père. Ils partent en tournée. Je déteste. Les yeux pleins de larmes, je supplie ma mère.

- Ne partez pas. Vous n'êtes jamais là, c'est insupportable à la fin !

- Emilie, gronde ma mère. Tu es grande maintenant, cesse ces enfantillages.

- C'est vrai, quoi. Vous êtes toujours partis.

Mon père range son violoncelle avec douceur.

- Je sais Émilie que c'est compliqué pour vous. Mais mon

frère va tout faire pour vous rendre ce temps agréable. Tu l'aimes bien, n'est-ce-pas ?

Ma gorge nouée ne laisse passer aucun mot. C'est ma sœur qui lui répond.

- Oh oui. On va manger plein de tiramisu et de frites.

Le taxi qui s'éloigne est un arrache-cœur. Je laisse mes yeux déborder, incapable de lâcher le tournant où la voiture a disparu. Sophie me prend par la main.

- Allez, ne pleure pas, ils vont revenir vite cette fois.

Elle pose une bise sur ma main, ce qui redouble mes pleurs. Je n'arrive plus à m'arrêter. Dieu, que je déteste quand ils s'absentent. Sophie veut à tout prix me consoler.

- Ils ont beaucoup de chance, tu te rends compte, une tournée au Japon. Ça ne se refuse pas ! Tu réalises, ils font le plus beau métier du monde. Quand je serai grande, moi, je serai concertiste !

Mon oncle n'a pas dit un mot. Il repart vers la maison. Ça y est, c'est le moment de la transformation. Son regard d'aigle me parcourt de la tête au pied alors que je remonte l'allée. Sophie court en avant en chantonnant.

Sa main baladeuse effleure mes fesses. Je tressaille.

- Tu as encore grandi, tu vas devenir une belle femme.

Je rêve où il a vraiment dit ça avec regret ? Dans la maison, ma sœur s'est mise à jouer du violon, elle a un contrôle samedi matin et s'entraîne dur. Elle est douée, j'adore l'écouter. Roulée en boule sur le fauteuil, un coussin sur le ventre, je pourrai rester là des heures. Mais mon oncle m'appelle à la cuisine.

- Rends-toi utile, épluche les pommes de terre.

En tremblant, je pose une feuille de journal sur le plan de travail. Je sors du panier les légumes. L'économe à la main, je saisis une pomme de terre. Mon oncle s'avance lentement. Je tressaille. Il me dépose des baisers dans le cou. J'ai beau laissé mes cheveux détachés pour le protéger, ça sert à rien. Je baisse la tête, la respiration coupée. Je sens son souffle empli des effluves de la serre accélérer son rythme. Ses lèvres gonflées remonte sur mon oreille, ma joue, ma tempe.

Les notes de musique s'envolent pures et légères. J'ai fini ma pomme de terre.

Ses mains sur mes hanches, je sais qu'il ferme les yeux pour mieux me respirer. Sa main gauche se promène sur mon corps, il l'a glissée sous mon pull et broie mes jeunes seins avec douceur. Sa main droite descend, effleure mon sexe sur mon jean.

Les notes de musique virevoltent dans le salon. L'économe achève une nouvelle pomme de terre.

Il plaque son corps contre le mien. Il halète maintenant.

Son sexe durcit contre mes fesses, sa main s'agace sur mon ceinturon, rempart inutile. Il défait le bouton, fait glisser la fermeture éclair et descend sous ma dentelle. Ses doigts caressent mon pubis. Il commence à se bercer contre mon corps, son sexe roule. Des gémissements sourds franchissent ses lèvres, deux doigts s'immiscent et remuent lentement dans ma fente.

Les notes de musique envahissent toute la maison. J'ai presque fini mes pommes de terre.

Je ne suis pas là. Je suis dans Mozart. Je ne sens rien, je n'éprouve rien. Qu'il se dépêche de faire son affaire. Mon tas de frites est prêt.

Comme d'habitude, la médiathèque est pleine. Jamais je n'aurais imaginé autant de personnes intéressées par la botanique. Mon oncle a son club de fans, d'adorables mamies qui n'ont d'yeux que pour les siens. Gris clair, marbré de bleu, couleur glacier des Alpes. Sophie, la plus groupie de toutes, s'est installée au premier rang.

Je déambule dans les travées. J'aime beaucoup ce bâtiment. Le jour, les grandes baies vitrées laissent entrer une superbe lumière. Les rayonnages de livres dessinent un parcours que j'adore emprunter. Ils ont même installé une machine à boissons chaudes et fraîches. J'aime venir ici. Leur coin lecture des quotidiens est chaleureux, des fauteuils bas, des lampes douces.

Mon oncle s'est installé, un verre d'eau sur la table. Il prend une gorgée avant de commencer. Je me suis plongée dans un livre. Ses conférences, je m'en fous.

- Aujourd'hui, je vais vous parler des plantes vénéneuses... je ne vous parlerai pas des champignons, j'évoquerai brièvement les fleurs les plus connues. J'ai surtout choisi d'aborder un certain nombre de plantes dont vous ne soupçonnez même pas le pouvoir de mort !

Les mamies gloussent, mon oncle déploie sa séduction naturelle. Les pauvres, si elles savaient. Il n'aime que la chair jeune. Mon père répète souvent qu'il est triste pour lui parce qu'il n'a pas de femme dans sa vie. Il en a une, depuis longtemps, seulement mon père ne le sait pas. Il me croirait jamais. Il est en adoration devant son frère, ma mère, elle, est dans son monde. Elle habite une autre planète, artiste jusqu'au bout des ongles. Je les aime tous les deux mais ils ne me sont d'aucun secours.

- Parmi les plantes tueuses, beaucoup appartiennent à la famille des solanacées. Cette famille, c'est celle des aubergines, des tomates, des pommes de terre. Et oui, vos frites, si elles provenaient de pommes de terre sauvages, seraient mortelles. Elles contiennent des composés toxiques tels que la solanine et la chaconine. Heureusement les variétés de pommes de terre cultivées en contiennent de faibles teneurs.

Il s'est mis à rire. Il jubile quand il est ainsi en représentation. Il a manqué une carrière au théâtre.

- ... Et les pommes tout court ? Les graines sont légèrement toxiques, elles contiennent une petite quantité d'amygdaline, un glucose de cyanogène. La quantité contenue ne suffit pas pour être dangereuse mais il est possible d'ingérer assez de graines pour constituer une dose mortelle.

Dommage, Eve ne devait pas le savoir. On aurait évité des millénaires de souffrance. Plutôt que de faire croquer le fruit à Adam, elle aurait mieux fait de lui faire ingérer les pépins. J'ai achevé un chapitre mais je n'arrive pas à me concentrer. C'est pas mal finalement cette conférence. Mon oncle continue de pérorer devant ces dames, et quelques messieurs aussi, soyons justes. Mon oncle est une autorité, on vient de loin pour l'entendre quand il va à des colloques professionnels.

- N'est-ce-pas surprenant ? Vous n'auriez jamais pensé à la tomate, n'est-ce pas ? La solanine est dans les tiges et les feuilles. Si elle est ingérée, elle provoque des troubles digestifs et nerveux. C'est très toxique pour les chiens s'ils mangent trop de tomates et de feuilles. Pour l'homme, une infusion de feuilles de tomates est mortelle.

Mon oncle plisse ses yeux malicieux.

- Messieurs, prenez garde si vos femmes reviennent du marché un peu trop chargées de tomates.

Le public rit volontiers, tout acquis à mon oncle.

- Dans cette même famille des solanacées, vous trouvez la belladone. Ah qu'elle est belle la belladone ! Mais 10 à 15 de leurs baies violacées suffisent à tuer. Pour l'aconit napel, 3 grammes de sa racine tue un homme. C'est la plus dangereuse de notre flore. Vous avez ensuite la cigüe, rendue célèbre par Socrate : il faut 6 grammes de la partie aérienne pour tuer en 6 heures. Le datura est une fleur connue dans le Sud plutôt. Elle est aussi réputée pour rendre fou ! Vous ne le savez sans doute pas, mais l'une de ses substances, la scopolamine est le fameux sérum de vérité.

Cette litanie des plantes tueuses finit pas me lasser. J'ai repris mon bouquin, *Au cœur des Himalayas* d'Alexandra David-Neel. J'envie le parcours de cette femme libre. Moi aussi, j'aimerais parcourir le monde entier, qui sait ? Il doit bien avoir quelque part des hommes bien, dans une société juste, et de vraies mères attentives, qui s'occupent de leurs enfants.

On a fini par rentrer. Sophie a pris la main de mon oncle et sautille à ses côtés. Mon oncle est heureux, il aime tellement ses conférences. Il me met sa main sur l'épaule. Je tressaille.

Le matin, dans ma salle de bains. Une tâche de sang sur mon pyjama. Le moment tant attendu et maman qui n'est pas là. J'en pleurerais de rage si je n'étais pas aussi contente. Marjolaine mon amie va être verte, j'ai mes règles la première. Je chantonne de plaisir tout en déjeunant. Il me tarde lundi pour le lui dire.

- Et bien Emilie, il y a longtemps que je ne t'ai vue de si belle humeur au lever !

Je ne réponds rien. Il n'est pas ma mère. Il saura rien.

Sophie est encore scotchée à ses souvenirs d'hier soir.

- Aujourd'hui, on mange pas de tomates, hein !

Mon oncle éclate de rire.

- Non, mon poussin, je te le promets. Mais tu ne risques rien, je t'assure. Je vais au marché, grillades et haricots verts à midi, suivi d'un tiramisu. Sophie fait la grimace.

- Les haricots, bof. On peut pas avoir des frites plutôt.

Je proteste.

- Encore ! Non !

- Oh là les filles. Une purée de carottes ?

Sophie acquiesce. Je soupire, très mauvais pour moi, mais pas vraiment le choix.

J'ai pris une longue douche. Je me regarde dans le miroir. C'est vrai que j'ai grandi. Mes seins s'arrondissent, bon, pas encore Cindy Crawford, mais ma mère a de petits seins, je suppose que j'aurai les mêmes. J'enfile ma culotte, un brin maladroite pour placer la serviette. Tant pis, je finirai par apprendre. Je ressens un sentiment d'étrangeté, un peu d'angoisse, un peu d'exaltation. Toutes les filles éprouvent ça ? Il faut absolument que j'en parle à Laurianne, c'est la première des trois à être devenue une grande !

Retour de marché.

- Sophie ? Et ton violon ? Un peu d'exercice avant le repas, et ce sera nickel ton audition, cet après-midi. Émilie, tu viens m'aider à la cuisine.

J'attrape l'économe. Je crois que mon oncle est un fétichiste. J'ai découvert ce mot il n'y a pas longtemps. Dès que je saisis le couteau, son regard se transforme, il me fait peur. Je commence à peler mes carottes.

C'est curieux, j'ai fini par repérer qu'il s'y prenait toujours de la même façon. Il n'y a pas longtemps que je sais que ce qu'il fait est mal. On a eu des intervenants au collège, venus nous parler des prédateurs sexuels. J'ai retenu le terme, pensez donc, j'en ai un à la maison. J'ai surfé sur le net aussi. C'est un délit, agressions sexuelles sur mineure, ça s'appelle. Je sais aussi qu'ils sont surtout malades. J'ai surpris mon oncle plusieurs fois en pleurs alors qu'il se croyait tout seul. Mais je ne peux rien dire, mon oncle me menace. J'ai pas envie de mourir.

Il s'approche derrière moi. Je tressaille. Je respire un grand coup, allez ma vieille, courage, un mauvais moment à passer. Sa main est descendue comme d'habitude. Mon oncle sursaute, il retire vivement ses doigts, couverts de sang. Il se précipite au robinet d'eau, se savonne rageusement. Il est blanc comme un linge, je n'en reviens pas. Il quitte brusquement la pièce. Un grand rire intérieur me secoue. Je me surprends à espérer que l'enfer est désormais derrière moi.

J'ai treize ans aujourd'hui. J'ai invité Marjolaine, Laurianne, et quelques autres. Mon oncle nous a proposé de s'occuper du repas. Il est à la cuisine. Seul. Depuis la dernière fois, il ne m'a plus touchée.

Avec mes deux copines arrivées avant les autres, nous décorons le salon. Sophie nous aide. Elle est toute surexcitée de faire la fête comme les grandes. Elle met des guirlandes sur les meubles, arrange les bougies d'anniversaire sur une pomme pour ne pas qu'elles coulent sur le gâteau.

Je mets la table, je sors la belle vaisselle de l'armoire ancienne de la salle à manger, arrange les couverts.

- Tu devrais cueillir quelques roses dans le jardin, propose mon oncle. Treize pour le compte.

- C'est une bonne idée.

J'attrape le sécateur, c'est dommage de les cueillir, elles sont superbes. Je coupe une rose rouge. Je décide de passer par la porte de la cuisine, le soliflore est en haut de l'étagère. Le souffle coupé, je vois par la fenêtre Sophie, l'économe à la main. Je me précipite.

- Tiens, je te laisse arranger la rose... d'accord... je m'occupe des pommes de terre.

Je défie mon oncle du regard qui est devenu vert. Il serre les dents mais ne dit rien. Il quitte la pièce pour s'occuper des grillades dehors.

La soirée est plutôt réussie. Mais le cœur n'y est pas. Je fais semblant de m'amuser. Je sais faire. J'ai été à bonne école. Je passe la soirée à surveiller Sophie... Et mon oncle. Mes amies finissent par partir.

J'attends que ma sœur s'endorme, j'ai laissé ma porte ouverte pour entendre. Ce salaud ne s'en prendra pas à Sophie. Hors de question.

Je me suis levée tôt pour investir la cuisine. Je prépare la table du petit-déjeuner. Sophie est descendue toute ensommeillée. Elle a veillé tard avec les grandes, elle en est fière. Je la regarde avec tendresse. Elle ne s'imagine pas à quoi elle a échappé.

Mon oncle entre souriant dans la pièce, comme si rien ne s'était passé. Un comédien manqué je vous dis.

- Qui me suit au marché ?

Il chante dans la voiture. Sur l'avenue Thiers, les chalands étalent leurs marchandises. Sa liste à la main, il fait le tour, les commerçants le reconnaissent, ils l'aiment bien. Mais qui n'aime pas mon oncle ? Il a repéré des plants de tomates qu'il veut mettre au jardin. Mes parents lui laissent entière latitude, de toutes façons, ils ne sont pas assez présents pour en profiter.

Pour la première fois, j'apprécie les frites du dimanche avec plaisir ! Je suis remontée dans ma chambre, Sophie dans la sienne écoute de la musique. Mon oncle, après ses travaux de jardinage, à croire que la serre ne lui suffit pas, est parti rejoindre ses amis pour jouer aux cartes.

Je suis sortie dans le jardin. Assise sur le banc, sous l'olivier. C'est là que l'idée a germé. J'ai bondi sur mes pieds.

Le lendemain, j'ai tendu son Thermos de café à mon oncle,

comme tous les matins. J'ai amené Sophie à l'école. Je ne leur ai pas dit que je n'avais pas classe aujourd'hui, les profs sont en journée pédagogique. J'ai marché jusqu'au Jardin Botanique, me suis glissée derrière les orchidées et j'ai attendu.

Mon oncle s'est occupé des lauriers et des tamaris aujourd'hui. Vers 10 heures, il entre tout en sueur dans son bureau. Il se verse un café, porte le breuvage à ses lèvres et s'effondre. Je m'approche lentement. Je prends le Thermos, le vide, le lave soigneusement avant de le reposer sur le bureau. Je m'apprête à partir, soulagée, quand soudain, je réalise. Les empreintes !

Je retourne sur mes pas, attrape le Thermos dans un chiffon. Je surmonte ma répugnance, prend la main de mon oncle dans la mienne et la serre sur le métal. Je rentre et m'installe sous l'olivier, une tasse de café à la main.

Mon regard se perd vers les tiges dénudées des jeunes plants de tomates.

Fin

Tournez manège

A Elisa
qui a l'optimisme chevillé à l'âme !

Tournez manège

Vengeance inutile
Eclats de rage vaine
Douleur résiliée

On entendrait voler une mouche. Seuls les essoufflements rauques déferlent en vagues régulières. Idriss est en nage. Son front ruisselle, tout son corps tremble des efforts accomplis. Il serre les dents. La douleur aux mâchoires le décentre un instant des élancements vifs de ses hanches. A ses côtés, la kiné attentive surveille le bon déroulement de ses exercices. Elle est satisfaite des progrès accomplis.

- C'est bien, Idriss... Là... Essaie de tenir plus longtemps... Là... C'est bien.

L'adolescent lui adresse un faible sourire.

- J'ai mal... P... J'ai mal.

- Oui. Je sais... C'est normal, tu sollicites beaucoup tes articulations... Allez, courage... On a bientôt fini pour aujourd'hui.

Pauline passe la tête à la porte. Elle lance un clin d'œil à son fils, repart s'assoir dans la salle d'attente. Un an d'allers et retours, elle peut faire la route les yeux fermés. Un an de déprimes et de joies, en fonction de l'évolution de son fils. Il va bien, il va bien, se répète-t-elle comme un mantra. Habib est rassuré aussi, son fils ne jouera plus au foot mais il est vivant. En fauteuil, mais vivant. Il est persuadé qu'il remarchera un jour. Cette indéfectible certitude tient Idriss. Jamais père et fils n'auront été si proches dans la traversée de cette épreuve.

Pauline clôt ses paupières, pourvu qu'ils ne soient pas déçus ! La kiné n'a jamais caché que ce serait long et douloureux, un jour des progrès, un jour des régressions, des progrès à nouveau, des régressions encore. Son fils s'est habitué maintenant à ces hauts et ces bas. Il ne pleure plus la nuit. Les cauchemars s'espacent.

En rentrant, un feu rouge les arrête. Au-dessus, un panneau d'info de la ville. Pauline regarde furtivement son fils. A-t-il vu le message ? Il est penché sur son portable et envoie un sms à son ami Mourad. Pauline, le cœur battant la chamade, les doigts tapotant sur le volant ne quitte pas le feu des yeux. Idriss relève la tête, son regard se scotche sur le panneau lumineux : "Aux Quinconces, la Foire est de retour. Elle s'installe du 12 au 26 avril". Pauline démarre, tout en fulminant intérieurement contre la longueur du feu.

L'information percute Idriss de plein fouet. La foire, c'est le retour du manège Massima. Il ferme les yeux, chasse les images funestes, le plancher qui se dérobe, l'engrenage broyant ses jambes, les cris de la foule, ses hurlements avant de s'évanouir de douleur.

Pauline sent le corps de son fils se crisper. Elle sait qu'elle le perd dans ces moments-là. Il part très loin dans sa bulle. Ces derniers mois, le phénomène s'était estompé, à son grand soulagement.

Elle dit, un peu trop haut.

- As-tu prévu de voir Mourad, ce soir ?

- Oui, nous allons au Club de Jazz sur les quais. Les potes font la première partie de la soirée.

La voix blanche de son fils ne la rassure pas. Idriss rumine sa haine au fond de ses entrailles depuis un an. La foire est de retour. Il va pouvoir se venger du forain.

Pauline l'a entendu rentrer. Les roues de son fauteuil ne font pas de bruit mais elle n'a jamais pu s'endormir tant qu'il n'était pas rentré, depuis toujours, l'accident n'y est pour rien. Idriss dort mal. Pauline aux aguets l'entend se tordre et se tourner dans son lit, gémir aussi. Les cauchemars sont de retour. Maudit soit le panneau d'affichage. Elle est furieuse. Des mois d'efforts réduits à néant.

La kiné, ce matin, est particulièrement impatiente.

- Eh, tu penses à quoi, là ! Concentre-toi mieux, tu me fais n'importe quoi.

Idriss râle.

- Je fais ce que je peux.

- Ben, tu peux peu. Allez... Booste-toi davantage.

Les tempes cognent sous les rigoles de sueur. Les jointures blanches sur les barres menacent de se rompre. Il perd son souffle, hoquette. Ses pensées virevoltent vers la Foire, l'image du manège incrustée sur ses rétines. Le visage rubicond et souriant du forain, tête de poupon carrée sur un corps rond et trapu, ne le quitte pas. Il tombe en poussant un cri. La kiné se précipite, l'aide à se relever. Il gémit, il s'est fait mal. Elle le prend sous les épaules et le réinstalle dans son fauteuil.

- Ça ira ?

- Oui... Je crois... Je me suis fait mal.

- Je te l'ai déjà dit. Tu dois te concentrer sur chaque exercice, sinon ton corps prend la poudre d'escampette et fait n'importe quoi... Allez on reprend.

- Non, je n'en peux plus, j'arrête.

- Il n'en est pas question, tu continues.

Idriss hausse la voix.

- Non, j'ai dit, j'arrête.

Il manipule les roues, s'avance vers la salle d'attente. La kiné soupire. Quand il est buté comme ça, il n'y a pas grand-chose à faire. Sa mère le retrouve prostré, les yeux fermés pleins de larmes. Elle lui sourit, lui passe la main sur le visage, surtout ne rien montrer, ne pas hurler sa peine, être forte pour deux, pour son fils.

- Allez, on rentre.

Idriss n'a rien dit à personne, ni à ses parents, ni à Mourad. Il a prétexté un rendez-vous médical pour s'absenter la dernière heure de cours. Il monte dans le tram, son regard farouche planté dans ceux des voyageurs. Il ne supporte pas que les gens se détournent, un vague sourire de gêne et de commisération aux lèvres.

A l'approche de la Place, sa respiration est haletante. Il ne peut empêcher ses mains de trembler.

- Vous allez bien jeune homme, je peux vous aider ?

Le vieil homme a les traits burinés et le regard triste de ceux que la vie n'a pas épargnés. Idriss ravale sa colère.

- Merci Monsieur, ça va aller.

- Ma fille... Elle a mis du temps, elle aussi, à...

Il ne finit pas sa phrase, il lui sourit franchement, l'adolescent hoche la tête.

La descente du tram est toujours un enfer. Idriss grimace sous les efforts, expire un bon coup. La rame a dégagé la vue, il ferme ses paupières, hésite. Il entend les musiques des stands, les rires des enfants. Des odeurs de barbe à papa, de churros, de gaufres envahissent ses narines.

Le vent s'est levé. Idriss frissonne, son blouson trop léger ne le protège pas. Le soleil d'avril a du mal à percer. Il reste tétanisé sur le trottoir de l'arrêt du tram. Il ne peut plus avancer. Il finit par traverser, reprend le tram dans l'autre sens pour rentrer.

Le lendemain, Idriss retourne Place des Quinconces. Cette fois, il s'aventure sous les arbres. Les feuillages bruissent d'impatience, les promeneurs se hâtent dans les rafales. Seuls les enfants trépignent et tirent leurs parents par le bras.

Il s'approche de l'allée du manège. La musique n'a pas changé. Le bas du visage emmitouflé dans son écharpe, il regarde de loin l'attraction. Il ne voit pas le forain, c'est une jeune fille qui s'en occupe. Les nacelles dans le ciel lui donnent le tournis. Il n'arrive pas à se décider et reste là.

Mourad n'en revient pas. Il ne sait pas s'il doit s'avancer ou s'en aller. Idriss lui a menti. Il ne fait pas les courses avec sa mère cet après-midi. Idriss ne l'a pas vu, le regard cloué sur le manège, il cille à peine des yeux. Le regard hypnotisé par les roulements des engrenages. Son front perle de sueur malgré le vent vif qui étreint la Place.

Mourad s'approche.

- Tu crois que c'est une bonne idée de venir ici ?

Idriss sursaute, il ne l'a pas entendu venir.

- Je ne sais pas, je devais le faire, c'est tout.

- Pourquoi te faire du mal ? Tes parents, s'ils te voient... ils vont en penser quoi ?

- Tu vas leur dire ?

Mourad fronce les sourcils.

- Mais non, tu es mon ami, tu peux avoir confiance... Mais j'aime pas ça, je suis sûr que c'est une mauvaise idée.

- Laisse moi, ça me regarde après tout.

- Ok, je respecte ta décision, mais pourquoi fais-tu ça ?

- Je ne sais pas, répète Idriss, je sentais que je devais le faire.

- Si ça peut t'aider à tourner la page...

Mais Mourad est sûr du contraire. Revoir le manège ne peut que décupler la haine de son ami pour le forain. Depuis le début, il s'est mis en tête que c'est de sa faute. Or le jugement a acté que les vérifications du manège avaient été faites dans les temps, ce n'est pas le forain le responsable, mais l'entreprise de contrôle. Elle a été condamnée. Mais Idriss n'en démord pas, le forain aurait dû réagir plus vite pour le sortir de là. Mourad est inquiet.

- Allez... Ça te dit une partie de tir à la carabine ?

- Pourquoi pas.

Idriss laisse Mourad manœuvrer son fauteuil. Ils passent ensemble le mercredi après-midi à la Foire, vite rejoints par d'autres amis de lycée. Idriss essaie de donner le change mais Mourad n'est pas dupe.

Pauline ne parvient pas à s'endormir. Elle entend Idriss pleurer dans son sommeil. Blottie contre le dos d'Habib profondément endormi, elle ne se doutait pas que le retour de la Foire serait aussi pénible. Elle se penche pour attraper la bouteille d'eau sur la table de chevet, boit lentement une longue rasade.

Période de régression, soupire-t-elle. Vivement que la quinzaine se termine, que les forains s'en aillent, et tout rentrera dans l'ordre. Dans les séances de kiné, il ne fait plus rien en ce moment.

Une heure passe. Idriss s'agite toujours autant dans son lit. Elle finit par se lever, entre dans la chambre de son fils. La couette est sans dessus dessous. Elle s'approche, la déploie et la lui ramène sur le corps. Idriss relève la tête.

- Maman ! Mais qu'est-ce que tu fais là ?

Elle chuchote.

- Je n'arrive pas à dormir. Un souci de boulot, ne t'inquiète pas, je suis venue arranger ton lit, pour m'occuper.

- Maman, tu mens très mal. Allez, ça va. Va te recoucher. Je vais bien, je t'assure !

- Oui... Bonne nuit, mon chéri.

- Bonne nuit, maman.

Le lendemain, Idriss ne peut pas s'empêcher de retourner à la Foire. Attiré comme le papillon par la lumière. Il sent bien que ce n'est pas une bonne idée, Mourad a raison, mais c'est comme ça. Il a besoin d'être là. Cette fois, il s'approche un peu plus du manège. Il a l'impression d'apprivoiser l'effroi du souvenir. Il réalise aussi que sa haine est intacte malgré les mois passés. Il veut le voir, il veut voir le forain. Il est déçu, c'est encore la jeune fille aux manettes.

Ses mains glissent sur les roues. Son cœur s'affole mais il veut s'approcher, près, tout près. La musique envahit ses tympans, les rires des nacelles fusent dans le ciel. Ses poumons sifflent en staccato. Penser aux engrenages lui donne le vertige.

Un homme s'approche.

- Ça va ? Je peux vous aider ?

Les yeux d'Idriss s'agrandissent de surprise. C'est lui ! Et pas lui à la fois. Le forain a perdu 40 kg au moins. Les rougeurs ont disparu de son visage désormais émacié. Il a vieilli d'un coup. Idriss balbutie.

- Oui, ça va.

Le forain ne le reconnaît pas. L'adolescent en oublie d'être en colère. Nina, sa fille, s'approche d'eux.

- Ça vous dit un tour de manège ? Regardez, mon père a spécialement aménagé deux nacelles pour les handicapés.

Sidéré, Idriss ne bronche pas. Le forain retourne s'assoir sur sa chaise. La jeune fille poursuit.

- Vous ne risquez rien, vous savez. Le harnais est renforcé aux épaules et les jambes seront tenues par des sangles.

La voix blanche, il lui demande :

- Pourquoi vous avez fait ça ?

Nina se rembrunit.

- Parce que tout le monde doit pouvoir avoir droit de s'amuser.

Elle a les larmes aux yeux. Elle hésite.

- Vous savez... Je vous ai reconnu... Pas mon père. Il n'est plus le même depuis l'an dernier.

Idriss sent la rage monter.

- Et moi... Vous croyez que je suis le même ! Vous avez bousillé ma vie.

- Il l'a payé, croyez-moi. Alors que la justice a reconnu

qu'il n'y était pour rien, c'est l'entreprise de contrôle qui a mal fait son travail, je vous rappelle.

- Peut-être, mais votre père aurait dû surveiller.

Nina soupire.

- Il s'en veut toujours, il n'arrive pas à tourner la page.

Elle le supplie.

- Vous pourriez lui pardonner ? Me redonner mon père... S'il-vous-plait.

Idriss rétorque avec haine.

- Et vous, vous allez me rendre mes jambes ?

Il tourne aussitôt son fauteuil. La rage décuple ses forces.

Mourad a assisté à la scène. Il s'approche.

- Allez, viens. Ne restons pas là.

Les deux garçons repartent vers le fleuve. Idriss se calme, tourné vers les remous de l'eau. Mourad hasarde.

- Le forain... Il en a pris un coup.

Idriss tressaille mais ne dit rien. Mourad continue.

- Je suis allé lui parler.

- Quoi ! Tu as fait ça ! Pourquoi faire ?

Mourad ignore l'interruption.

- Sa fille Nina... Elle m'a expliqué. Il a fait une dépression après ton accident. Il n'est plus le même.

- Et il croit se racheter avec sa nacelle à la c...

- Essaie de te mettre à sa place. Il...

Idriss explose.

- Parce que tu crois qu'il se met à la mienne peut-être !

- Il continue régulièrement de demander de tes nouvelles à tes parents. Ils ne te le disent pas, pour ne pas te faire de la peine.

Nina hésite à traverser la rue. Elle les rejoint ? Elle ne les rejoint pas ? Mourad la regarde intensément, puis baisse les yeux, hoche la tête. Elle s'avance et s'assied sur le banc aux côtés du jeune homme. Idriss a un mouvement de recul.

- Attends, ne pars pas. Toute notre famille est désolée, je t'assure. Mais toute cette colère en toi. Elle va te manger si tu la laisses guider ta vie.

- Qu'est-ce que tu connais de ma colère, toi !

Les lèvres de la jeune fille tremblent.

- Tu crois que le destin ne s'occupe que de toi ? Espèce d'égoïste. Tout le monde a son lot de malheurs, tout le monde encaisse et fait avec.

Mourad intervient.

- Là, elle a raison, elle...

- Tais-toi ! C'est comme ça que tu me défends. Allez, barrez-vous... Barrez-vous, je vous dis... Je veux rester seul.

Mourad et Nina se sont levés, ils retournent au manège. Idriss s'attarde dans le jour tombant. Sur ses joues, des larmes silencieuses.

Mourad ne l'a pas appelé. Idriss est inquiet, il a tellement fait le vide autour de lui. Le handicap isole, le handicap fait peur. Lui-même reconnaît qu'il n'a pas fait beaucoup d'efforts pour aider son entourage. Diminué certes mais lucide, il se dit qu'il a envoyé bouler tout le monde. Mourad est le seul ami qui lui reste. Quelle idée aussi de soutenir la fille du forain.

Idriss est campé devant le manège. Il a vu Nina partir, le forain est seul. Le jeune adolescent ne le quitte pas des yeux, enfoui dans son écharpe. Il rumine sa colère et sa haine. Il n'a qu'une envie, le jeter dans les dents des engrenages, l'obliger à vivre ce qu'il subit tous les jours depuis un an.

Il s'approche, pousse un cri de déception qui se perd dans la musique entraînante.

Le plancher est solidement arrimé. L'espace a été comblé, il n'y a plus l'accès au soubassement. Idriss est anéanti. Il a tellement rêvé à cet instant ! Il se ressaisit, trouver autre chose, vite, pour se débarrasser de cette haine qui le ronge, être libéré enfin.

Un groupe d'enfants s'avance. Idriss le regarde. Les deux animateurs ne savent plus comment gérer leur excitation, ils les houspillent gentiment. Le plus jeune, 6 ans à peine, est en fauteuil. Il rit aux éclats avec un autre enfant paralysé aussi, à peine plus âgé. Un adolescente souffre de séquelles de polyo et a du mal à marcher. Les deux autres filles sont trisomiques, c'est difficile de leur donner un âge. Elles se donnent la main sagement, le regard émerveillé suit les balancements des nacelles.

Idriss tourne la tête, la joie des enfants lui est intolérable. Comment font-ils ? Le forain souriant s'est approché.

- Alors comment vous allez depuis samedi dernier ? On revient faire un petit tour ?

- Oh oui, c'était trop long d'attendre.

- Je t'aide ?

Il se penche et prend le corps fragile de l'enfant qui s'accroche à son cou, confiant. Il l'installe dans une des deux nacelles équipées, lui met le harnais avec douceur. Pendant ce temps, un des animateurs a fait de même avec un autre enfant. Les trois plus grands ont pris place aussi.

Idriss a le cœur serré, il croise le regard heureux du jeune enfant, qui l'apostrophe.

- Tu veux venir avec nous ! Tu as déjà essayé ? Allez viens, c'est super.

Idriss sursaute. L'écharpe glisse. Sa bouche libérée tremble.

- Non... Non...

Le forain pose sa main sur son bras.

- Tu ne risques rien, la nacelle te tiendra bien, tu sais.

Idriss, suffoqué, ne sait plus quoi dire, quoi faire. Il se laisse installer. L'enfant lui pose la main sur l'épaule.

- Tu vas voir, c'est génial.

Le forain leur sourit. Idriss veut réveiller sa colère, mais il est à deux doigts de fondre en larmes. Les yeux gris du forain sont emplis de tristesse. Le manège glisse, prend son envol. Les nacelles se balancent, les tours s'enchaînent, les deux jeunes garçons crient de joie, Idriss se surprend à aimer le vent sur son visage, la musique l'entoure et le protège, les rires fusent, il sent sa haine lâcher prise.

Le forain, l'air grave, ne perd pas une miette de leur plaisir.

Un peu étourdi, Idriss se laisse aider par un des animateurs. Il reprend sa place dans le fauteuil, réalise que pendant quelques minutes, il n'a plus pensé à ses jambes. La joie des enfants est communicative, il se laisse embarquer.

Le groupe s'éloigne, non sans lui dire de les retrouver

samedi prochain. Idriss promet. Le forain s'est assis, le regarde et lui dit doucement.

- Je sais qui tu es.

Idriss a un mouvement de recul. Le forain poursuit.

- J'ai failli tout arrêter.

Il tend son menton vers les deux nacelles équipées.

- C'est Nina qui a eu l'idée. Sans elle, je... Mais c'est dur...

Idriss serre les mâchoires, éructe.

- Et moi... Vous y pensez... Et moi.

- Tous les jours, tous les jours, je te jure. Il ne se passe pas un seul jour, une seule nuit. Je fais le même cauchemar, tu tombes dans l'engrenage du manège, le bruit est insupportable, je te tends la main et tu n'arrives pas à l'attraper, et tu glisses, tu glisses, ça dure une éternité, tu hurles, hurles, et tes cris me réveillent.

Le forain s'agite, le pied de la chaise se déboite, il tombe sur le sol du manège, cogne le poteau. Sonné, il gémit. Idriss voir arriver la nacelle, elle va le catapulter à grande vitesse.

Idriss regarde le forain, étrangement soulagé, ça y est, il va payer. La nacelle approche, le forain ne se relève pas. L'adolescent ne le quitte pas des yeux. Les jeunes, épouvantés, se voient foncer sur le forain. Leurs mains crispées sur les bords de l'habitacle, ils poussent des cris déchirants. L'adolescent les regarde, imperturbable. Dans l'allée, Nina en courant lance un cri d'effroi.

- Papa !

Idriss regarde la nacelle, le forain, la nacelle. Immobile dans son fauteuil. Il attend le choc qui, il espère, le délivrera.

Soudain, dans un effort inouï, Idriss se met debout, la douleur lui coupe le souffle, il repousse son fauteuil. Il fait quelques pas, la sueur aussitôt coule sur son visage blême. Il attrape le forain, le tire en arrière. La nacelle fonce droit sur eux.

Ils retombent sur le sable de l'allée, elle est passée à quelques centimètres de leur tête. Le forain soulagé est dans les bras de sa fille haletante. Il sourit en regardant Idriss qui n'en revient pas.

Il a marché !

Fin